Michel MY

LE TONKIN PITTORESQUE

SOUVENIRS ET IMPRESSIONS DE VOYAGE

1921-1922

TOME PREMIER :

HAIPHONG — HANOI
LA VIE INDIGÈNE

EDITION DE LUXE ILLUSTRÉE DE 35 PHOTOGRAPHIES : 2$50

MICHEL MY

LE TONKIN PITTORESQUE

Souvenirs et impressions de voyage

1921 — 1922

TOME PREMIER

HAIPHONG — HANOI

LA VIE INDIGÈNE

OUVRAGE ILLUSTRÉ DE 30 PHOTOGRAPHIES

SAIGON

IMPRIMERIE J. VIÊT

1925

DU MÊME AUTEUR

De Saigon à Phu-Quoc (1911), complètement épuisé,
Saigon à Batri (1911)   id.
Les Sorciers (1922)
L'Annam sous la Terreur, drame historique en
    4 actes et un Prologue. — Préface de
    Maurice Monribot (1924).
L'Annam sous la Terreur (édition illustrée
    1925,—Préfaces de M. A. Salles, Inspecteur
    des Colonies et de M. Camile Devilar.
Le Tonkin Pittoresque, Tome premier (1925),
    Haiphong-Hanoi. La vie indigène. — 30
    illustrations.
Les Grandes Figures de l'Histoire d'Annam. —
    S. E. NGUYỄN-HUỲNH-ĐỨC, Maréchal
    d'Avant Garde de Gialong (nombreuses
illustrations).

EN PRÉPARATION :

Le Tonkin Pittoresque, (Tome deuxième : Excur-
    sions en Baie d'Along, à la Frontière de
    Chine et dans diverses provinces du Tonkin.
    — Ouvrage abondamment illustré)
Au Pays du Dragon (Hanoi-Saigon par la Route
    Mandarine. — Hué— Le Palais Royal.—La
    vie intime de l'Empereur.— Les Rites sécu-
    laires de l'Annam.—Les Tombeaux royaux,
    etc… Ouvrage abondamment illustré).

DÉDICACE

A Mon Ancien Chef M. Yves CHÂTEL

*Administrateur de 1ʳᵉ classe des Services Civils,
Directeur du Cabinet du Gouverneur Général
de l'Indochine,*

Je dédie cet ouvrage en reconnaissance de la
bienveillance qu'il me témoigna durant les deux
années que j'ai passées sous ses ordres au Tonkin.

Michel MY.

M. MICHEL MY
Huyên du Gouvernement de la Cochinchine

PRÉFACE

A M. Michel MY, auteur du « Tonkin Pittoresque »

Je n'ai pas l'honneur de connaître M. Michel MY. Cependant, si la pensée de Buffon est vraie : « le style, c'est l'homme », je crois, après avoir lu son opuscule « L'Annam sous la Terreur » et ses notes de voyage « Le Tonkin Pittoresque », pouvoir dégager quelques traits de sa personnalité et discerner tant soit peu son tour d'esprit.

Je dois dire, tout d'abord, que je ne suis ni un censeur ni un critique. L'Annam sous la Terreur a été représenté à l'Institution Taberd et imprimé en un joli opuscule. Le public, plus averti que moi, aura pu apprécier sa prose, son entente de l'art dramatique et ses connaissances historiques. Je vais m'occuper seulement un peu de son « Tonkin Pittoresque ».

M. Michel MY a fait un séjour dans le Nord. Et, non content de s'y laisser vivre, comme tant d'autres, ou de regarder ce qui se passe autour de lui, il a beaucoup étudié, observé le pays, cherché le comment et le pourquoi des choses. Satisfait d'avoir « découvert » le pays, il s'est mis à rédiger ses notes, où il laisse percer par endroits, à l'égard de ses compatriotes du Nord, le dédain d'un Christophe Colomb parlant des sauvages de l'Amérique.

Dans ces pages, d'un style plaisant, agréable, souvent plein de verve, qui ont eu les honneurs du « rez-de-chaussée » de l'Opinion, l'esprit mordant et la curiosité malicieuse de l'auteur se sont exercés aux dépens de ses frères de race, avec une liberté de ton et d'allure dépourvue de charité chrétienne et qu'on aimerait mieux trouver sous la plume d'un étranger.

Pourvu que, grisé par ce premier succès, M. Michel MY ne commette pas un autre livre où il daubera de plus belle sur ces pauvres Tonkinois qui n'en peuvent mais, car la sympathie ou l'antipathie s'établissent entre les hommes une fois pour toutes.

Voici comment M. MY dépeint les Tonkinois qu'il voit au cours d'une promenade dans la rue de la Soie par un de ces matins « où il fait un temps superbe ».

« C'est très intéressant, surtout ce matin où la tiédeur de la température va permettre à nos braves Tonkinois d'exhiber leurs loques et de faire la chasse aux parasites ».

Voyez où l'amour du pittoresque mène un auteur annamite parlant d'Annamites. Des loqueteux et des pouilleux, dans la rue de la Soie, une rue où se débitent, comme son nom l'indique, des marchandises de luxe, j'avoue que, bien que Tonkinoise, je n'ai jamais vu cela.

Après avoir quitté la rue de la Soie, M. Michel MY s'en va dans la rue du Chanvre et du Coton. Notre promeneur rencontre les mêmes scènes et voici comment il nous les note d'une plume impitoyable :

' « *Nous levons tous les yeux : des paquets de vieux vêtements couverts de vermines, des couvertures dont la lessive la plus habile ne saurait retrouver la couleur primitive, des moustiquaires sales et rapiécées, des nattes malpropres et humides, sont suspendus au-dessus (1) de la rue pendant que des femmes et des enfants se mettent à les retourner en tous sens et à attraper les petites bêtes qui s'y cramponnent. Celles-ci semblent pulluler, car nous voyons les « chasseurs » pressés sans doute d'exterminer leur trop abondant gibier (1) les porter à la bouche et les écraser avec leurs dents pour aller plus vite* ».*

M. Michel MY semble obsédé par ces parasites. Que dirait-il s'il avait fait la guerre, pendant laquelle les « totos » — pour les appeler d'un mot, pittoresque aussi, des poilus — pullulèrent que c'en était une bénédiction ?

M. Michel MY parle de « bagia en jupons » qui vendent du fumier humain. Certes, c'est un triste métier que celui qui consiste à ramasser les déchets de la digestion de ses semblables. Au lieu de tourner en dérision les malheureuses créatures que le sort ou l'iniquité sociale a réduites à cet état, M. Michel MY aurait pu leur adresser, en passant, un mot de pitié quitte à les blaguer un tantinet après, pour écraser, sans en avoir l'air, la larme qui vous perle à l'œil à la vue des misères humaines. C'est ainsi que le Français se raidit contre l'émotion pour soustraire ses sentiments intimes à la raillerie des mauvais plaisants. Devant

les circonstances les plus graves, il a des mots à la fois
drôles et héroïques qui sont autant de pieds-de-nez à
l'adresse du danger qui plane, de la mort qui rôde...

Autre tableautin « pittoresque » : « Mais mon attention a été attirée depuis un moment par quatre congaïes qui, revenant du marché avec leurs charges de
fruits et de légumes, s'arrêtent tout à coup à une qua-
rantaine de mètres de notre groupe, déposent leurs
paniers au milieu de la chaussée, retroussent les manches très larges de leurs pantalons et s'immobilisent
dans une pose rappelant celle du « lanceur de disque ».

Chaque peuple a ses travers. Quand, avec le temps,
ceux-ci sont entrés dans les mœurs, on ne s'en aperçoit plus. L'éducation les fera disparaître.

Du reste, en pareille matière, tout se réduit à une
question d'accoutumance. Loulou, l'ami de M. Michel
MY, dit que nombreux sont les « coccach » qui mangent du chien ; mais il oublie que le Français, débar-
qué de la veille se bouche le nez devant le nuoc-mam,
que souvent il appréciera par la suite. Et puis, on
mange aussi du chien, si je ne me trompe, en Cochinchine.

A lire le Tonkin Pittoresque, on a l'impression
que l'auteur tombe de la lune. Puis, quand on s'est
aperçu que c'est un Annamite, cette impression devient
un malaise. C'est cela qui gâte le plaisir qu'on éprouve
à parcourir un livre qui se laisse lire sans fatigue,
ce qui est beaucoup dire pour une relation de voyage.

Espérons que M. Michel MY choisira un sujet plus sympathique pour son prochain ouvrage et le traitera avec plus de bienveillance. C'est la grâce que je souhaite à l'auteur et à ses lecteurs, dont je suis.

Une Tonkinoise,
NGUYÊN-THI-NHUNG.

(De l'Écho Annamite du 16 Juin 1924),

RÉPLIQUE DE L'AUTEUR

J'aurais pu, pour toute réponse, prier simplement Mlle Nguyen-thi-Nhung de se reporter à l'Avant-Propos de mon ouvrage que l'« Opinion » a publié en son numéro du 10 Mars 1924 et que, probablement, mon aimable critique *n'avait pas lu*.

Je tiens néanmoins à ajouter ici quelques mots afin de démontrer que Mlle Nguyen-thi-Nhung, — qui, entre parenthèses, porte la barbe et fume la pipe, et qui est d'origine tonkinoise, — a commis une maladresse en soulevant entre Tonkinois et Cochinchinois, une sotte querelle qui a malheureusement dégénéré, en son temps, dans la Presse annamite, en polémiques aussi idiotes que stériles.

Mlle Nguyen-thi-Nhung prouve par là qu'elle ne sait pas faire le juste départ entre les sentiments de l'homme privé et les obligations de l'écrivain, particulièrement l'écrivain-reporter. Tandis que celui-ci doit à ses lecteurs un compte-rendu *sincère* et autant que possible *vivant* de tout ce qu'il a vu, au risque même de mettre en relief les travers d'autrui, celui-là peut avoir de la sympathie, de l'affection même, pour ceux dont il est obligé de faire le portrait. C'est une question de conscience !

Le Français de Paris ne consigne donc jamais d'après Mlle Nguyen-thi-Nhung, dans ses notes de voyages tout ce qui le surprend dans les mœurs et

les coutumes, dans la façon de parler et de vivre
des Français de Marseille, de Bretagne ou d'Auver-
gne ? Il ne « tombe pourtant pas de la Lune » !

Cela ne l'empêche pas, d'ailleurs, d'aimer le Mar-
seillais, le Breton ou l'Auvergnat en tant que compatriotes !

Ce qu'il importait surtout de considérer dans « le
Tonkin Pittoresque », c'est le voyage par la pensée
que j'ai essayé de faire faire à mes compatriotes qui
n'ont ni le temps, ni les moyens de l'entreprendre
effectivement.

Loin de démentir tout ce que j'ai écrit, mon aimable critique *a confirmé* mon récit en entier, ajoutant
seulement, en substance, que « toutes les vérités ne
sont pas bonnes à dire ». Je la remercie de tout cœur
d'avoir ainsi, sans le savoir et sans le vouloir, donné
une plus grande valeur à mon modeste travail.

Mlle Nguyen-thi-Nhung m'a reproché ensuite de
n'avoir pas su compatir aux souffrances de mes frères de race. Qu'elle laisse passer son mouvement de
colère, et qu'elle s'impose la lecture à tête reposée
de mon travail en entier ! Elle changera d'avis, car
elle verra qu'en certaines pages je n'ai fait que m'apitoyer sur les malheureux que le « sort ou l'iniquité
sociale » a réduits à une situation voisine de la misère.

Je ne me suis pas seulement contenté de plaindre
ces malheureux, je ne me suis pas seulement contenté « d'écraser les larmes qui ont perlé à mes yeux »

à la vue de leurs souffrances, j'ai fait pour les Tonkinois plus peut-être que Mlle Nguyen-thi-Nhung n'a
fait dans sa vie! Mais que ma main gauche ignore, n'est-
ce pas, ce qu'a fait ma main droite! Connaissant ce
précepte divin, je ne veux pas insister plus longuement sur ce sujet. Que Mlle Nguyen-thi-Nhung sache
seulement que ceux qui « blaguent » le plus, ne sont
pas toujours ceux qui ont « le plus mauvais cœur » !

Puis, « blaguer » a quelquefois du bon. Le premier
moment de honte passé, la personne blessée par la
critique, si elle possède tant soit peu de logique et
de bon sens, cherche à se débarasser de ses mauvai-
ses habitudes. Le fait que Mlle Nguyen-thi-Nhung
s'offusque si vivement des tableaux trop vivants que
j'ai brossés de certaines pratiques de ses compatriotes, atteste qu'elle souhaiterait les voir disparaître.
Mais pour arriver à ce résultat, quel autre moyen
serait plus efficace que le livre et la presse?

Que Mlle Nguyen-thi-Nhung relise en entier le
« Tonkin Pittoresque »! Elle pourra se rendre compte
également que je n'ai pas marchandé mes éloges aux
Tonkinois, chaque fois qu'au cours de mon compte-
rendu, ma pensée s'est portée sur leur amour du travail et leur esprit commercial.

Mais, de grâce, qu'elle n'exige pas de moi que
mon ouvrage ne soit plus qu'un recueil de jérémi-
ades inopportunes sur les misères du peuple, ou un
interminable panégyrique des travailleurs tonkinois
à l'exclusion de toute autre description pittoresque!

Je le voudrais, pour plaire à Mlle Nguyen-thi-Nhung, que je ne le pourrais, ni ne l'oserais!

Mes lecteurs me jetteraient des pierres en me traitant de « voleur ». En achetant mon livre ils veulent en avoir pour leur argent, — et ils ont raison! Ils seraient furieux d'échanger leurs piastres contre un recueil de lamentations de Jérémie ou un discours farcis d'éloges apologétiques.

Il est évident que présenté sous la forme d'un « Feuilleton » mon récit n'a pu être mis que par fragments sous les yeux des lecteurs de l'«Opinion», — et c'est peut-être là la cause de la fureur de Mlle Nguyen-thi-Nhung qui a cru à un parti pris de ma part. — Il en est résulté que, parfois, la description trop sincère de certaines scènes de la vie indigène, a pu faire ”tiquer” quelques-uns de mes frères tonkinois trop prompts à se fâcher, qui ont été amenés à penser que je me suis plû à exercer ma ”verve caustique” à leur endroit.

L'ouvrage complet est mis aujourd'hui sous leurs yeux. Qu'ils en prennent intégralement connaissance! qu'ils mettent dans la balance non seulement les passages susceptibles de les indisposer contre moi, mais aussi, — et surtout, — les passages où leur amour-propre s'est senti flatté! Ils verront que j'ai traité le sujet en toute impartialité.

La présente mise au point, — qui est aussi la dernière, — étant faite, je continue la série promise de mes relations de voyage sans plus me soucier des flèches que me décochent des personnes de mauvaise foi.

C'est le droit de tout lecteur de critiquer. Et c'est aussi mon droit que celui d'écrire. Ce droit, je le prends l'âme sereine et le cœur tranquille... Une œuvre qui n'est pas livrée à la critique n'en est pas une!

Michel MY.

AVANT-PROPOS

A mes Compatriotes Cochinchinois,

C'est à votre intention que j'ai écrit ces quelques lignes, mettant à profit les longues nuits d'hiver que j'ai passées au Tonkin, loin de ma Chère Cochinchine, loin de ma famille, loin de vous mes amis, mes frères, que j'eusse été heureux d'avoir eus pour compagnons au cours de mes charmantes pérégrinations.

Il n'est, certes, pas donné à tout le monde d'entreprendre de grandes excursions lointaines. Les occupations professionnelles des unes, le manque de moyens financiers des autres, — car les voyages coûtent encore assez cher, — ne permettent pas à toutes les personnes qui l'auraient voulu, de voir en détail la merveilleuse Indochine, magnifique et prestigieuse possession française en Extrême-Asie.

Plus heureux que tant d'autres, j'ai eu l'occasion de parcourir la Péninsule, de la Porte de Chine aux bouches du Mékong; de visiter les contrées les plus curieuses et les plus excentriques; de jouir du spectacle si pittoresque et si varié de la vie indigène dans les régions les plus diverses.

J'ai pu goûter de délicieuses nuits d'été en Baie d'Along et me sentir rajeuni au souffle bienfaisant d'un hiver tempéré. J'ai pu admirer les œuvres d'intérêt social et d'intérêt économique réalisées par la

France au Tonkin et qui y immortaliseront son nom, comme j'ai pu, à Hué, contempler les vestiges de la puissance de Gialong.

Je me suis laissé emporter, au clair de lune, sur les eaux limpides du « Fleuve des Parfums », dans des gondoles manœuvrées par d'accortes sampanières aux riants costumes, et me bercer de leurs chants rythmés qui alternaient avec le son lointain du tamtam de veille et des cliquettes de la Citadelle impériale.

J'ai été émerveillé par les sites enchanteurs qui jalonnent la Route Mandarine ou qui agrémentent la Chaîne Annamitique ; je me suis rendu en pélerinage aux Tombeaux si impressionnants et si poétiques de nos Anciens Rois...

J'ai essuyé des typhons en mer, j'ai frémi à l'escalade des casse-cous que sont les Passes de la Porte d'Annam et du Cap Varela ; j'ai connu des moments d'appréhension et de terreur lorsque, en pleine période de guerre civile, ma curiosité m'a poussé au-delà de la Porte frontière de Nam-Quan, jusque sur le Territoire chinois.

De toutes ces randonnées les plus mouvementées que j'ai accomplies et dont jamais je ne m'étais lassé : des paysages merveilleux qui se sont successivement déroulés à mes yeux ravis ; des spectacles pittoresques et imprévus que j'ai pu saisir sur le vif ; des heures d'ivresse et de joie, d'inquiétude et d'effroi, que j'ai vécues, j'ai gardé une inoubliable impression dont je m'en voudrais de ne pas vous faire partager.

Je vais donc m'efforcer de condenser à votre intention, en trois opuscules, tous les souvenirs de mes charmants voyages au Tonkin et en Annam.

Je n'ai pas la prétention de vous présenter une œuvre littéraire ne m'en sentant pas le talent, ni même de faire une étude de mœurs. Je vais simplement brosser, le mieux que je pourrai, le tableau de tout ce que j'ai vu et que je juge susceptible de vous intéresser. Je m'appliquerai particulièrement à la description des délicieux paysages dont la beauté m'a frappé ; je m'étendrai longuement sur les légendes qui se rapportent aux sites et aux monuments, j'effleurerai parfois l'Histoire lorsqu'elle s'attache vivement aux contrées traversées.

En ce qui concerne les scènes de la vie indigène, ce ne sont, je le répète, que des croquis pris sur le vif et que je présenterai sous forme de dialogues afin d'animer un peu l'ensemble de l'ouvrage qui serait trop monotone sans ces digressions humoristiques.

D'aucuns trouveront que je cherche à « chiner » les Tonkinois en retraçant ici les us et coutumes des indigènes et en faisant ressortir leurs travers. Ceux-là font preuve évidemment d'une trop grande étroitesse d'esprit. Une relation de voyage ne vaut que par la sincérité des observations faites sur les mœurs et les coutumes des pays traversés. Mes lecteurs ne me pardonneraient pas d'enlever à mon récit la partie qui en fait la saveur, pour ne leur laisser que le goût insipide d'une phraséologie sans intérêt.

Puis, qui ose soutenir que les mœurs des Tonkinois ne valent pas les nôtres ? Tout est relatif dans la vie. N'a-t-on pas entendu des Européens faire le plus grand éloge de certaines coutumes annamites qui leur paraissent empreintes d'une haute portée morale ou inspirées de la plus noble piété filiale, tel que le Culte des Ancêtres, pour ne citer que celui-là, entre mille autres excellentes pratiques indigènes ? Cela ne les empêche pas, cependant, de s'esclaffer en présence de certains de nos usages qui leur semblent par trop naïfs.

Cette mise au point est nécessaire afin d'éviter tout malentendu car je m'en voudrais de laisser croire aux Tonkinois, parmi lesquels je compte d'excellents amis, que je me moque d'eux. Je ne leur ménage pas, au contraire, mon admiration pour leur esprit pratique et pour leur amour du travail n'hésitant pas à les donner même en exemple aux Cochinchinois trop paresseux (il faut bien reconnaître ses défauts), parce que trop gâtés par la Providence.

Mais cet hommage que je me plais à rendre aux Tonkinois, ne doit pas m'empêcher de consigner dans mon récit les aventures qui ne sont arrivées et les surprises que j'ai ressenties en un pays où je n'avais jamais mis les pieds. Qu'un Tonkinois s'avise, demain, de souligner ce qui le surprend en Cochinchine, et je serai, — vous aussi, je pense, chers lecteurs, — les premiers à en rire.

Sous le bénéfice des observations ci-dessus, je vais faire dérouler à vos yeux le kaléidoscope abondamment colorié que j'ai construit pour votre divertissement.

Michel MY.

LE TONKIN PITTORESQUE

I

Arrivée à Haiphong

Nous approchons de Haiphong un matin de janvier après une excellente traversée.

Une brume épaisse couvre le Golfe du Tonkin dont les rives s'annoncent, au loin, incertaines. Notre grand paquebot s'avance lentement et s'engage dans le chenal que les eaux du Cua-Câm se sont frayé à travers l'immense langue d'alluvions en formation contre le Delta.

A l'horizon, dans la blancheur lactée de l'aube naissante, brille, telle une étoile, le feu du phare de Hon-Dâu ; puis, au fur et à mesure que nous approchons de la terre, les feux des bouées jalonnant notre route, percent la brume et, de chaque côté du chenal, forment un chapelet lumineux dont les extrémités convergent vers un groupe de lumières pâlotes et frétillantes comme des lucioles : c'est Haiphong.

Les passagers du *Malte* se groupent sur le pont supérieur et suivent des yeux, l'air visiblement satisfait, l'évolution du navire dont la majestueuse étrave fend résolument l'eau rougeâtre et boueuse qui bouillonne contre les flancs du bateau.

De chaque côté, s'avançant vers la mer, d'immenses langues de vase s'allongent, entièrement couvertes d'herbes aquatiques parsemées, par endroits, d'habitations lacustres.

Le soleil, bientôt, apparaît derrière nous, au large, déchirant le brouillard. Son disque étincelant émerge lentement de la mer dont le clapotis reflète ses tons rouges, jaunes et orangés.

Les lumières d'Haiphong pâlissent, puis s'éteignent une à une, et les constructions de la ville commencent à se montrer dans le lointain, couronnées d'un nuage de fumée grise s'échappant des nombreuses cheminées de la cité industrielle qui ne chôment ni jour, ni nuit.

Les barques de pêche rentrant au port ou en venant nous entourent bientôt comme pour nous faire une escorte jusqu'à l'embouchure du Fleuve.

Le *Malte* entre enfin dans la Rade et s'engage lentement dans les premiers méandres du « Cua-Càm ». Le coup d'œil est très agréable. De la verdure uniforme bordant la rive tonkinoise émergent d'innombrables toits. Au loin, on aperçoit le clocher carré de la cathédrale voisinant avec le dôme de l'Hôtel du Commerce et le toit d'ardoises de la Résidence-Mairie. A nos pieds, voici les entrepôts des Douanes qui s'alignent le long des Docks et devant lesquels s'agite toute une population de débardeurs des deux sexes ; car, au Tonkin, la « femme-coolie » n'a rien qui étonne. Un peu plus loin, on voit l'amorce du Boulevard Bonâl, importante artère qui, tout comme la rue des Messageries à Saigon, sert de voie d'accès à la ville ; aux heures d'arrivée et de départ des courriers, elle présente une animation des plus pittoresques.

Le panorama de la campagne environnante s'étend de chaque côté du paquebot jusqu'à une chaîne de montagnes qui forme, dans le lointain, le fond de ce charmant tableau.

Après avoir dépassé le Fort annamite, le *Malte* commence à virer de bord pour l'accostage aux docks.

Déjà nos oreilles perçoivent les bruits de la cité laborieuse : coups de marteaux redoublés, grincements des rails, sifflets des locomotives, sirènes des chaloupes, ronflements des machines, cris des ouvriers, frémissement des grues...

La coupée est abaissée. De hauts fonctionnaires venus à la rencontre du Gouverneur Général montent à bord pour le saluer, pendant que la police maintient à distance la foule qui envahit les appontements.

M. Long, bientôt, apparaît sur le pont puis descend par la passerelle. La sonnerie « Aux champs » éclate tout à coup suivie de la « Marseillaise ». Les troupes échelonnées le long des quais présentent les armes.

Après le départ du cortège officiel, nous nous occupons de rassembler nos bagages et de débarquer à notre tour. Des débardeurs

M. MAURICE LONG

nous assiègent pour nous offrir leurs services. Ils criaillent à qui mieux mieux, se heurtent et nous bousculent au risque de nous aplatir contre les cloisons de nos cabines.

Mais Loulou et Nestor interviennent énergiquement; en quelques minutes ils ont expulsé tous les coolies obstruant l'étroit couloir dans lequel nous nous trouvions «embouteillés». Nestor choisit deux solides gaillards dont il prend les numéros, et les charge de débarquer nos malles.

— A qui ce grand cercueil?

Cette question me fait frissonner. Nous avons donc voyagé à côté d'un objet si macabre? Je me retourne et vois l'un de nos coolies montrer du doigt la grosse malle dans laquelle j'avais serré ma literie.

— Ce n'est pas un cercueil, imbécile, mais c'est une malle !

Loulou, à côté de moi, éclate de rire. Il m'explique:

— Au Tonkin, on emploie pour désigner malles et caisses le mot « hòm » qui se traduit chez nous exactement par « cercueil ».

— Et pour désigner les vrais cercueils, que dit-on alors?

— Il y a trois expressions : « quan-tài », « cái-săng » ou « cái-áo-quan »... Mais tu n'es pas à ta dernière surprise « linguistique » !

Après cet incident nous descendons à notre tour sur l'appontement et gagnons en pousse-pousse l'Hôtel de l'Europe où nous attendons le train du soir pour nous rendre à Hanoi.

Baby nous propose de mettre à profit la journée que nous passons à Haiphong pour visiter la Ville.

Nestor réquisitionne donc des pousse-pousse et commence à débattre avec les coolies le prix des courses.

— En aucune ville de l'Indochine, m'explique-t il, ce mode de transport ne revient moins cher qu'à Haiphong. Le tarif officiel y est de 0$07 la course, de 0$20 l'heure et d'une piastre seulement la demi-journée. Mais on peut, en débattant, obtenir encore un meilleur prix.

— Et tous les tireurs, intervient Loulou, ou à peu près, parlent français. Ce sont, pour la plupart, des « retour de France » qui ne perdent pas souvent le Nord.

II

Haiphong

Haiphong est le port commercial le plus important du Tonkin ; il est situé à environ 20 milles de la mer.

Les premiers travaux d'aménagement remontent à 1885 ; ils datent donc de la campagne d'occupation. Les années suivantes furent construits les phares des îles « Norways » et celui de Hon-Dâu qui marquent l'entrée du Cua Câm ; des bouées éclairées furent installées jalonnant le chenal et des travaux de dragages furent successivement entrepris afin de permettre aux bateaux de fort tonnage l'accès du port où ils trouvent un sûr refuge contre le mauvais temps et les typhons.

Depuis sa création, Haiphong, qui n'était au début qu'un marché indigène, n'a cessé de prospérer C'est aujourd'hui une des plus belles villes de l'Indochine.

Son histoire est courte : A la suite du traité de 1874 le Gouvernement annamite concéda à la France des territoires à Tourane, à Hanoi et à Haiphong. L'emplacement choisi pour la concession d'Haiphong était d'une superficie de 15 hectares environ. C'est sur ce terrain qu'ont été, dans la suite, édifiés la Résidence-Mairie et l'Hôpital. Un consulat fut établi dont le dernier titulaire fut M. Turc. A quelque distance de là s'élevaient deux blockhaus sur le Sông-Tam-Bắc et un Fort Annamite dont on voit encore aujourd'hui les vestiges,

L'emplacement de la ville moderne présentait alors l'aspect d'une vaste mare d'où émergeait quelques terre-pleins reliés entre eux par d'étroites digues.

Ce fut en 1885 seulement que d'importants bâtiments furent construits par l'autorité militaire qui venait d'acquérir des terrains en bordure du Song Tam-Bac.

Une période d'une trentaine d'années a suffi pour transformer les marécages malsains du vieux centre de Haiphong en une ville des plus modernes, coquette et propre, avec des rues et des boulevards très larges, régulièrement tracés, profondément empierrés, bordés de jolis trottoirs dallés et ombragés ; avec de grands magasins de commerce très achalandés.

Tout fait prévoir que les destinées futures d'Haiphong seront encore plus brillantes : ses nombreuses usines, ses immenses chantiers de constructions navales, le trafic intense de son port, la marche continuellement ascendante de la jauge des navires au mouillage dans ses docks, les travaux d'amélioration entrepris par la Chambre de Commerce qui vient de lancer à cet effet un emprunt de 1.500.000 francs, tout permet de présager que dans un avenir assez rapproché, Haiphong, la cité laborieuse par excellence, passera au premier rang des villes européennes d'Extrême-Orient.

Le voyageur qui débarque aux Docks de la Chambre de Commerce pénètre habituellement dans la ville par le Boulevard Bonal et le Pont qui relie la Rue du Maréchal Joffre au Boulevard Paul Bert.

Il tombe, dans cette importante artère, en plein centre européen fait de Cafés, Hôtels et Restaurants où l'on trouve le confort le plus moderne ; cinéma, magasins généraux, garages d'autos, etc.

En parcourant les rues environnantes, le visiteur est agréablement surpris par le bel entretien de la chaussée, la propreté remarquable des trottoirs,

Haiphong : Boulevard Paul-Bert

le style harmonieux des constructions, dont les plus importantes sont la Résidence-Mairie, le Théâtre, l'Hôpital militaire, le Commissariat de Police, le Tribunal, l'Hôtel des Postes et Télégraphes, l'Ecole Professionnelle, la Sous-Direction des Douanes et Régies, la Cathédrale, le Temple protestant, la Loge « Etoile du Tonkin », la Banque industrielle de Chine, les Hôtels du Commerce et de l'Europe, la Chambre de Commerce, les Entrepôts des Douanes aux Docks, etc...

Après avoir dépassé le square Jules Ferry, on entre dans la ville indigène : c'est le quartier le plus vivant, le plus bruyant, le plus pittoresque, celui dont la population est la plus dense et la plus bigarrée. L'élément chinois y domine disputant aux indigènes le commerce au détail qui occupe la Rue du Commerce, la Rue Chinoise, la Rue Tonkinoise et toutes les rues adjacentes.

C'est dans ce quartier que se trouvent installés les Bureaux des armateurs indigènes et chinois dont les chaloupes encombrent le Song-Tam-Bac longeant les quais de la Ville indigène, dans lequel des embarcations de toutes formes et de toutes dimensions circulent jour et nuit dans une fiévreuse activité.

En prolongeant sa visite jusqu'au marché qui occupe l'extrémité de la « langue » formée par le canal Bonal (jadis canal de ceinture) avec le Tam-Bac, le voyageur peut revenir par le Boulevard

Haiphong : Le Song Tam-Bac

Chavassieux bordant le dit canal. Il aura vu tout l'intéressant quartier asiatique si mouvementé, si curieux, avec ses maisons chevauchant les unes sur les autres, avec ses enseignes multicolores, avec ses devises en caractères chinois dont la traduction

laisserait rêveurs les amateurs d'exotisme; il se
sera fait bousculer par une foule cosmopolite qui
trouve normal de lui marcher sur les pieds ou qui
ne daigne même pas s'excuser lorsque, par mégarde,
elle aura envoyé rouler son chapeau à terre; le
voyageur se sera également fait « z'yeuter » par quantité de petites métisses chinoises qui, juchées sur
leurs balcons en encorbellement sur la rue, le dévisagent avec une impertinente et déconcertante in-
discrétion, ou qui, le plus naturellement du monde,
s'amusent à lui jeter des pelures d'oranges sur la
tête.

Le visiteur à qui de pareilles « gentillesses » sont
réservées, aurait tort, par exemple, de se fâcher.
Ces gens sont si inconscients! Ils ne croient point
mal faire en agissant ainsi! pas plus qu'ils ne pensent
attenter à la pudeur en allant, en costume d'Adam,
se baigner dans le rach aux yeux de toute la population si dense des quais, laquelle, d'ailleurs, semble
ne pas même faire attention à leur lamentable
académie.

La visite d'Haiphong, pour être complète, doit
nécessairement comporter une revue des établissements industriels de la ville, qui ne cessent de se
multiplier et de s'agrandir.

Dès l'arrivée à Haiphong le voyageur est vivement
impressionné par les cheminées de la Cimenterie
qui prend depuis quelque temps les allures d'une
entreprise gigantesque; un peu plus loin il remarque la scierie de la Société commerciale française

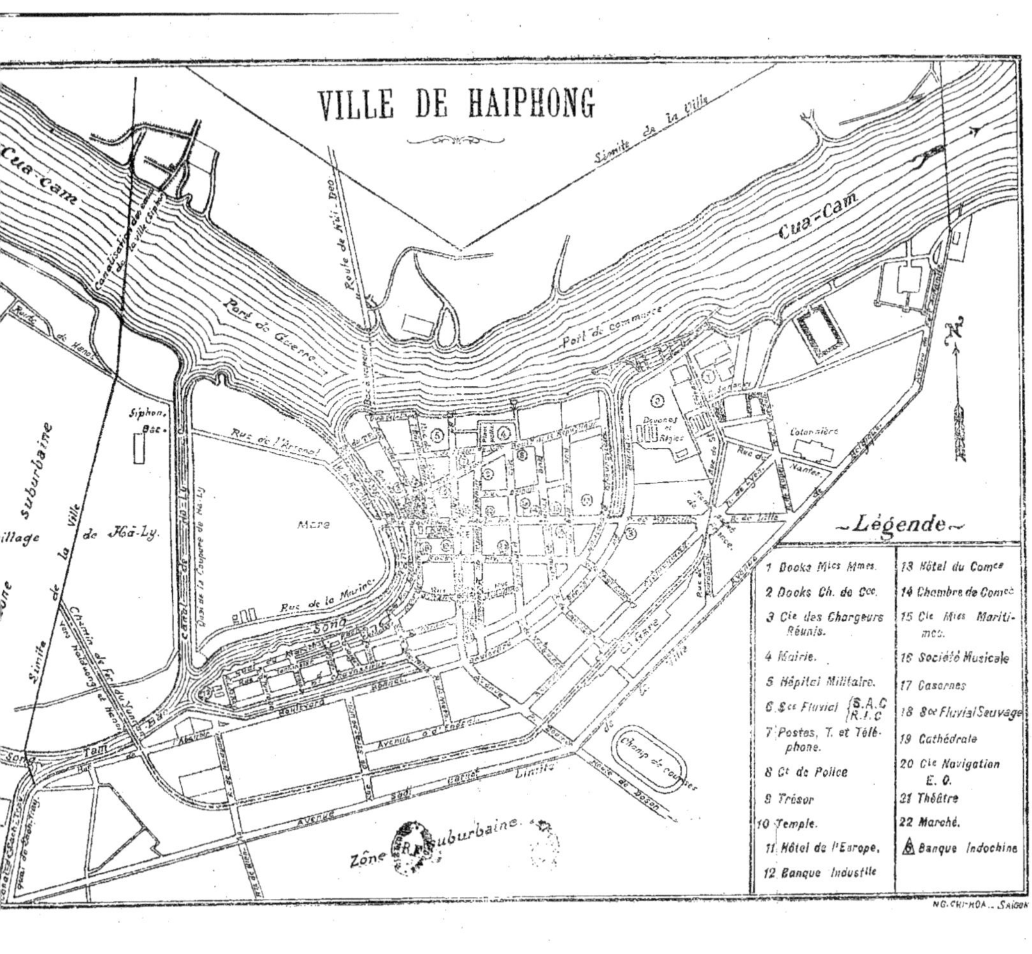

VILLE DE HAIPHONG
Cua-Cam
Cua-Cam
Limite de la Ville
Route de Nui-Déo
Port de Guerre
Port de commerce
Rue de l'Arsenal
Siphon Bac
Rue de la Marine
Mare
Song Tam-Bac
village de Ha-Ly
Limite de la Ville
Chemin de Fer du Yunnan vers Haiduong et Hanoi
Zône suburbaine
Route de Hanoi
Devanes et Régies
Cotonnière
Rue de Nantes
Champ de courses
Avenue du Général
Zône R F suburbaine
NG. CHI-HOA. SAIGON
~Légende~
1 Docks Mies Mmes.
2 Docks Ch. de Cce.
3 Cie des Chargeurs Réunis.
4 Mairie.
5 Hôpital Militaire.
6 Sce Fluvial {S.A.C / R.I.C
7 Postes, T. et Téléphone.
8 Ct de Police
9 Trésor
10 Temple.
11 Hôtel de l'Europe.
12 Banque Industlle
13 Hôtel du Comce
14 Chambre de Comce.
15 Cie Mies Maritimes.
16 Société Musicale
17 Casernes
18 Sce Fluvial Sauvage
19 Cathédrale
20 Cie Navigation E. O.
21 Théâtre
22 Marché.
Banque Indochine

de l'Indochine; puis, continuant sa visite à travers la cité, il peut voir successivement l'Usine des Phosphates, celle de la Chimie qui vient de se créer d'importants débouchés dans les pays voisins ; la fabrique des peintures Testudo, l'usine des briquettes, les ateliers de la Société des constructions mécaniques, les ateliers maritimes ; les ateliers de la Société Cotonnière ; la Savonnerie d'Extrême-Orient ; la Verrerie en amont du Cua-Câm ; les Glacières et Brasseries Laruc Frères ; la Société des Antimoines, etc..., etc...

Haiphong étant une ville de passage, l'industrie hôtelière y occupe une place très importante.

Aux Hôtels du Commerce, de l'Europe et de l'Univers, le voyageur trouve d'excellentes chambres à des prix relativement modérés. Concuremment à ces établissements de premier ordre, des garnis tenus par des Japonais, des Annamites et des Chinois, donnent asile aux passagers de toutes les conditions.

III

De Haiphong à Hanoi, Haiduong, Gialam

Nous quittons Haiphong à 13 h. 32, après un excellent déjeûner à l'Hôtel du Commerce. Le train nous emporte rapidement à travers les plaines fertiles du Delta

L'horizon est fermé au Nord par la chaîne de montagne du Dông-Triêu ; au Sud par les massifs de la chaîne de l'Eléphant.

Parmi les quinze stations auxquelles le train s'arrête, on remarque Haiduong, Chef de la province de ce nom qui rappelle vaguement notre Tanan sur la ligne de Saigon-Mytho.

Haiduong, au milieu de Delta, ne peut être qu'une province rizicole. Formé par les apports sédimentaires des fleuves, son sol, que recouvre une couche assez épaisse d'humus déposé par les eaux, doit sa fertilité aux éléments qui le constituent : argile, schiste, grès, sable, calcaire...

Dans les régions baignées par des cours d'eau ou irriguées au moyen de petits canaux creusés à main d'homme, les rizières peuvent même donner deux récoltes par an.

Haiduong n'offre, au point de vue touristique, aucun monument digne d'être remarqué, ni aucun site pouvant frapper agréablement l'imagination.

Avant d'arriver à Hanoi, le train stoppe devant la grande gare de Gialam qui constitue, en quelque sorte, le nœud des lignes ferroviaires du Tonkin, et le dépôt de la Compagnie française du Yunnam. Des rails s'enchevêtrent dans tous les sens ; des magasins et des halls se dressent sur une vaste étendue abritant des séries de wagons et de nombreuses locomotives.

Le train repart après quelques minutes d'arrêt et s'engage sur le Pont Doumer qu'il met environ 10 minutes à franchir. Déjà dans le lointain on aperçoit Hanoi avec ses innombrables toits et qui, de loin, ressemble à un amas de pierres cubiques jetées pêle-mêle.

Dans le voile gris qui, en hiver, à l'heure du crépuscule, enveloppe la capitale, dans la brume incertaine descendue sur cette vaste fourmillère qu'est Hanoi, les premiers feux commencent à poindre.

Le train franchit rapidement la viaduc et s'engage dans l'enceinte de la Gare.

Nous voici enfin arrivés.

IV
Hanoi

Hanoi, Capitale du Tonkin et de l'Indochine, occupe, sur la rive droite du Fleuve Rouge, une étendue d'un millier d'hectares, territoire primitif de 106 villages.

Sa plus grande longueur du Nord au Sud, est, à vol d'oiseau, de plus de cinq kilomètres ; sa largeur, de l'Est à l'Ouest, d'environ 3 kilomètres.

Le dernier recensement (1921) accuse une population civile globale d'environ 80.000 habitants comprenant, en chiffres ronds, 75.000 Annamites, 3.000 Français ou Européens, 2.000 Chinois et quelques Japonais et Cambodgiens.

Hanoi est situé à 130 kilomètres de la mer par la voie fluviale. Celle-ci n'est malheureusement pas praticable, dans tous son parcours, aux navires d'assez fort tonnage. Le plus grand trafic avec l'Extérieur — par le Grand Port d'Haiphong — et avec le Yunnam et la Chine, s'effectue donc par la voie ferrée.

D'autre part, un réseau routier important et un assez grand nombre de petits cours d'eau ou de canaux artificiels s'entrecroisant dans le Delta, assurent la communication avec tous les gros centres environnants.

Aux voyageurs venant de Haiphong par la voie ferrée, Hanoi se fait annoncer par le Grand Pont Doumer dont il s'honore à juste titre, ouvrage gigantesque qui impressionne vivement le nouvel arrivant et qui atteste la force du génie français.

HANOI: *Le Pont Doumer*

Ce pont d'une longueur de 1.800 mètres, non compris les viaducs et les rampes d'accès qui l'allongent encore d'au moins deux kilomètres, est le plus bel ouvrage d'art exécuté dans la Colonie. Il enjambe le Fleuve Rouge en posant crânement quelques-unes de ses piles sur l'île alluvionnaire de Phuc-Xa chaque année submergée à l'époque des hautes eaux.

En sortant du Pont Doumer, le train entre presque immédiatement en gare.

Celle-ci est située à l'extrémité du Boulevard Gambetta dont elle constitue le couronnement. Elle occupe un développement de 1.200 mètres. Le trafic y est intense. Plus d'une trentaine de trains y circulent tous les jours.

Hanoï est, en effet, devenu tête de ligne des voies ferrées se dirigeant vers Haiphong; vers l'Annam (par Nam-Dinh, Thanh-Hoa et Vinh); vers le Yunnan (par

Gare de Hanoi.

Lao-Kay); vers la Porte de Chine (par Lang son). Des milliers de voyageurs venant de ces quatre directions et des provinces desservies par le réseau, arrivent à toutes les heures de la journée et même d'une partie de la nuit, à Hanoi, ou en partent. On peut donc imaginer facilement le mouvement intensif qui y règne en permanence.

Le Commerce français est très important, à Hanoi. Presque toutes les grosses firmes indochinoises y ont des succursales quand elles n'y ont pas établi leur principal établissement. Des sociétés à forts capitaux s'y sont créées, qui exploitent de grands magasins tels que l'on n'en rencontre que dans les grandes villes de la Métropole.

L'U. C. I. A., en particulier, y a monté les « Grands Magasins Réunis » qui occupent tout un carré compris entre la Rue Paul Bert et les Boulevards Dong-Khanh et Rollandes, le coin le plus moderne de la Ville, où je conduirai mes lecteurs au cours de la visite que je vais faire à tous les quartiers de la Capitale indochinoise.

En ce qui concerne le commerce indigène, on peut dire qu'il est exercé, sous toutes les formes et par toutes les familles, à l'exception de quelques rares rentiers et de quelques hauts fonctionnaires dont les épouses ou les enfants ne dédaignent cependant pas de s'intéresser, à l'occasion, aux spéculations fructueuses. Le Tonkinois est né commerçant tout comme le Cochinchinois est, par nature, agriculteur,

Dès l'âge le plus tendre, les enfants sont initiés aux moyens de gagner de l'argent par un métier ou par un trafic, obéissant en cela à la Loi naturelle qui veut que la lutte pour la vie se présente avec plus d'acuité dans les régions les plus populeuses dont le sol ne permet pas à l'agriculture de produire suffisamment pour procurer de l'aisance aux habitants.

Au point de vue industriel, Hanoi tient aussi dignement sa place.

En dehors de l'Usine des Eaux et de celle de l'Electricité qui forment pour ainsi dire la parure et l'armature indispensables de toute ville moderne, on trouve à Hanoi un grand nombre d'établissements industriels français : des brasseries, des filatures de coton, des ateliers de tissage de la soie, des savonneries, une usine de céramique, des fabriques d'allumettes, de boutons, la fameuse. Distillerie Fontaine, la Manufacture des Tabacs de l'Indochine, des fabriques de poteries, de grandes imprimeries, des fabriques de conserves alimentaires, des ateliers d'ébénisterie, des entreprises de construction, etc...

L'industrie indigène embrasse toutes les branches de l'activité économique. Le Tonkinois, parfait imitateur, fabrique tout ce dont la population peut avoir besoin pour l'usage courant, la consommation ou les soins du ménage. Les artisans indigènes se sont groupés par catégories d'industries dans les rues qui portent le nom de ces dernières, et qui ne manquent pas de pittoresque.

L'industrie hôtelière comme dans toutes les grandes villes est très prospère à Hanoi. On trouve, dans presque tous les quartiers, des grands Hôtels et des modestes garnis permettant de loger les passagers de toutes les conditions.

*
* *

Nous voici, après un trajet de trois heures, arrivés au but de notre voyage. Sur le quai de la gare des amis nous attendaient. Poignées de main, présentations, salutations, nouvelles demandées ou données brièvement...

Mais nous devons nous préoccuper de notre logement tout au moins provisoire.

Loulou revendique sa qualité de vieux (?) « hanoïen » et s'offre à nous piloter.

Nous décidons alors de laisser nos gros bagages en consigne pour courir à la recherche d'une chambre et d'une table.

A notre apparition sur le perron de la gare, une nuée de pousse-pousse, les uns très confortables montés sur pneumatiques, les autres à roues en bois cerclées de fer, se précipitent pour nous offrir leurs services au risque de nous blesser avec leurs brancards.

Loulou, à côté de moi, me suggère : « Nous allons nous procurer chacun un « caoutchouc » tandis que nous abandonnerons nos malles aux « choléra ».

Caoutchouc ! ? Choléra ! ?

Quès aco ? !

Caoutchouc ? !... Je croyais, sur le moment, que mon ami voulait parler d'imperméables ; aussi lui lis-je remarquer qu'ayant déjà un beau pardessus tout neuf, j'estime inutile de faire de nouveaux frais pour nous en procurer d'autres.

— Cela ne coûte que 0 $ 10, continue Loulou, tu veux donc trotter à pied ?

Du coup, je n'y comprends plus rien. Je pense que Loulou était devenu subitement fou.

— Comment, me dis-je, un imperméable ne coûte que 0 $ 10, et qu'est-ce que l'expression « trotter à pied » va faire dans cette histoire de pardessus ?

— Mais, crie enfin Loulou, visiblement énervé par ma mine stupide, ici le « caoutchouc » c'est un pousse-pousse, imbécile !

J'éclate de rire. Qui eût pu, en effet, deviner qu'à Hanoi notre « xe-kéo » s'appelait « caoutchouc » !

Loulou avait tort de se fâcher. Il croyait donc que tout ce qu'il savait, lui, après un séjour de deux ans, devait être également inscrit sur le vocabulaire des pauvres nouveaux arrivants que nous étions ?

Je m'apprête à monter dans « mon caoutchouc », lorsqu'un mot revient terrible dans ma mémoire, un mot sinistre et inquiétant qui m'intrigue fort et même me fait peur.

Je demande timidement :

— Dis, Loulou, tu me parlais de « choléra » tout à l'heure et tu me disais que nous allions abandonner nos valises ! Le choléra sévit donc à Hanoi ? Allons-nous vraiment abandonner nos bagages ? J'en ai, tu sais, pour quelques centaines de piastres.

Loulou, au comble de la fureur, les yeux hors de la tête, me hurle :

— Tu es vraiment plus bête que tu n'en as l'air !

— Comment cela? dis-je, surpris et quelque peu froissé de cette nouvelle explosion injustifiée de mon ami. N'ai-je pas raison d'avoir peur du choléra et de m'inquiéter des robes et des bijoux de ma femme qui se trouvent dans nos malles ?

Loulou, qui avait déjà confortablement installé son embonpoint dans un « caoutchouc », se fâche tout à fait ; il descend ou saute presque de son véhicule pour courir à moi en bousculant violemment le pauvre tireur qui ne comprenait rien à cette fureur soudaine. Loulou me prend par le bras : « Mon enfant, tu n'y es plus du tout! Le choléra, c'est encore un pousse-pousse ! »

— !! ? ?

— Oui, un pousse-pousse en bois. C'est comme ça! Ne cherche pas à comprendre; décampons, il est tard.

Ahuri, je grimpe à mon tour dans mon véhicule, laissant à Nestor le soin de s'occuper du transport de nos bagages avec les « choléra » qu'il avait réquisitionnés à cet effet.

En chemin, je me dis que si cela continuait ainsi, je ne pourrais plus ouvrir la bouche. Personne me comprendrait.

. . . .

Mais nos vigoureux tireurs nous entraînent déjà loin de la Gare descendant en vitesse le Boulevard Gambetta.

V

Un repas dans un restaurant tonkinois

Ce n'est pas sans peine que nous parvenons à nous procurer chacun une chambre à peu près convenable. Tous les hôtels étaient pris d'assaut ; tous les garnis étaient retenus. L'approche des Fêtes en l'honneur de la visite du Maréchal Joffre était cause de cet encombrement.

Nous nous installons, enfin, tant bien que mal, dans un petit hôtel de la Rue Jules Ferry en attendant que nous puissions trouver des logements en ville.

— Où allons-nous dîner ?

A cette question, Baby, qui venait de finir sa toilette, me répond :

— Ecoute, nous avons assez mangé de la cuisine française pendant la traversée. Je voudrais faire un bon repas annamite.

— En effet, nous n'avons pas oublié notre bon « nuoc-mâm » national, dis-je à Loulou qui venait d'entrer dans nos appartements. J'en mangerais avec le plus grand plaisir.

— Oh ! du bon « nuoc-mâm », tu peux te fouiller ! Tu n'en trouveras pas facilement ici ! Le Tonkin a bien un « nuoc-mâm » mais ce n'est pas du tout notre excellent « Phuquôc », ni même notre « Phanthiêt ».

— Tu m'étonnes. Comment ! il n'y a pas de bon

« nuoc-mâm » ici ? Les Tonkinois que l'on dit très industrieux n'arrivent donc pas à fabriquer de la bonne saumure dans les Régions Maritimes ?

— Il paraît que leur sel ou leurs poissons ne sont pas bons ! En tout cas leur « nuoc-mâm » est excécrable ! On trouve, cependant, dans certaines familles aisées, du bon « nuoc-mâm » importé de Saigon.

— Et c'est pour cela, dis-je, qu'à chaque Foire qui s'est tenue jusqu'ici à Hanoi, les stocks de « nuoc-mâm » envoyés par la Cochinchine ont été si rapidement enlevés !

Mais Loulou m'interrompt :

— Assez parlé de « nuoc-mâm » ! Allons dîner. J'ai faim.

— Mais où vas-tu nous conduire, Mossieu le Cicerone ?

— Ecoute, nos femmes veulent manger à l'annamite. Conduisons-les chez Cat-Thanh dans la rue de la Soie.

— Connais pas ! mais allons-y je m'en rapporte à toi.

— Mais, suggère Baby, nous avons acheté des moules (con sò) à Haiphong. Emportons-les, nous en mangerions comme hors d'œuvre. Nous pourrions aussi en faire une bonne soupe que nous reviendrions manger vers minuit après une promenade.

Cette proposition de Baby rallie tous les suffrages.

Loulou se charge donc du sac de moules et nous nous dirigeons gaiement vers le restaurant de la

Rue de la Soie en passant par la Rue Pottier et l'Avenue Beauchamps longeant le Petit Lac.

Il était près de huit heures du soir. Une animation à laquelle nous ne sommes pas habitués à Saigon, régnait dans toutes les artères que nous traversions et qui se trouvent au cœur de la cité indigène.

Le mouvement y est permanent en raison de la population très dense de la ville. Sur les trottoirs peu larges de la Rue Jules Ferry, de la Rue de la Soie, de la Rue du Chanvre, de la Rue du Coton, il est impossible de passer sans être sérieusemeut bousculé; sur la chaussée, un nombre considérable de pousse-pousse — caoutchouc et choléra — circulent en criant à tue-tête, s'accrochant de temps à autre, se renversant parfois pour envoyer les voyageurs dans la boue les quatre fers en l'air.

Par moments, une automobile ronfle au loin et fait entendre son « clackson »; alors la foule qui grouille dans la rue se précipite sur les trottoirs écrasant des pieds sans pitié, et, dans les cônes d'éblouissante clarté projetés par les phares sur la chaussée, les tireurs de pousse-pousse affolés s'agitent sans savoir de quel côté se diriger, se jettent les uns sur les autres en s'injuriant dans un désordre indescriptible.

Nous voici, après une sérieuse bousculade, dans le restaurant.

Loulou choisit sur un menu que le patron de la Maison lui présente et qui ne comporte pas moins de 60 articles, un repas ordinaire mais assez abondant.

Un « bé-con »— c'est ainsi qu'on appelle au Tonkin les jeunes garçons de restaurant — vient dresser la table. Il dispose devant nous verres, assiettes, baguettes, cuillères, dans l'ordre auquel nous sommes accoutumés en Cochinchine, mais, à notre grande stupéfaction, il dépose près de chaque couvert, un carré de papier chinois appelé chez nous « giẫy-súc ».

Baby me lance un coup d'œil rapide. Elle avait sur ses lèvres un sourire indéfinissable. Je comprends néanmoins ce qu'elle veut dire et que par politesse elle ne dit point.

C'est que, chez nous, les Saigonnais, le « giẫy-súc » sert pour les petits besoins secrets, tout comme les papiers hygiéniques vendus dans les grands magasins sont destinés à garnir les W-C à l'européenne.

Ce carré de papier chinois sur une table à manger a dû donner à Baby, qui est très sensible, un haut-le-cœur bien vite réprimé toutefois par convenance, car il fait exactement l'effet d'un rouleau de papier hygiénique dans une assiette à soupe, sans en avoir cependant ni la blancheur, ni la propreté.

Je regarde Loulou pour chercher à deviner si ce n'est pas là une nouvelle mystification de sa part. Mais Loulou, habitué sans doute aux coutumes du pays, reste impassible.

— C'est la serviette dans les restaurants tonkinois explique notre camarade qui s'aperçoit, enfin, de notre surprise.

Ce petit prélude nous coupe l'appétit à Baby et à moi, aussi, quand vient le moment de manger, nous ne faisons que grignoter un peu de riz et un petit morceau de bœuf. Je dois dire, au surplus, que les plats que l'on nous sert ne nous aident guère à recouvrer notre appétit. Nous nous en dédommageons sur nos moules qui, avec un peu de citron, sont excellentes.

Quant à Loulou, qui ne s'en fait jamais, il s'est consciencieusement restauré.

Le repas terminé, Loulou commande pour minuit une soupe de « sò » en remettant au patron du restaurant la moitié du sac de moules qui nous restait.

Il peut être 9 heures et demie au moment où nous sortons de la Maison Cat-Thanh. Une brise froide souffle sur la ville faisant grelotter les pauvres « bagia » chargées de guenilles qui déambulent le long des trottoirs, Baby s'emmitoufle dans son manteau que renforce encore une cape de velours.

Pauvres Saigonnais, nous avons tous froid ! Notre premier contact avec l'Hiver que nous n'avions jamais connu que dans les livres est assez rude malgré nos sous-vêtements et nos effets de drap. Baby ne peut marcher. Je dirai sans honte que moi aussi j'éprouve le besoin de me faire véhiculer.

Loulou nous regarde avec un air de mépris incommensurable.

— Tas de frileux ! prenez donc un « caoutchouc » pour rentrer ; moi, je veux marcher. Je n'ai pas froid moi, tonnerre ! J'en ai vu bien d'autres ! Il ne fait que 6 degrés !

Loulou n'a pas froid, et il se fait une gloire de nous le crier comme si nous ignorions qu'il a passé 2 ou 3 hivers en France comme adjudant interprète pendant la Guerre.

Rentré chez nous, nous nous dépêchons de nous mettre au lit, jurant que pour rien au monde nous n'en sortirions.

… Et bientôt la torpeur nous gagne et nous tombons dans un sommeil de plomb dont nous ne nous réveillons que le lendemain à 8 heures.

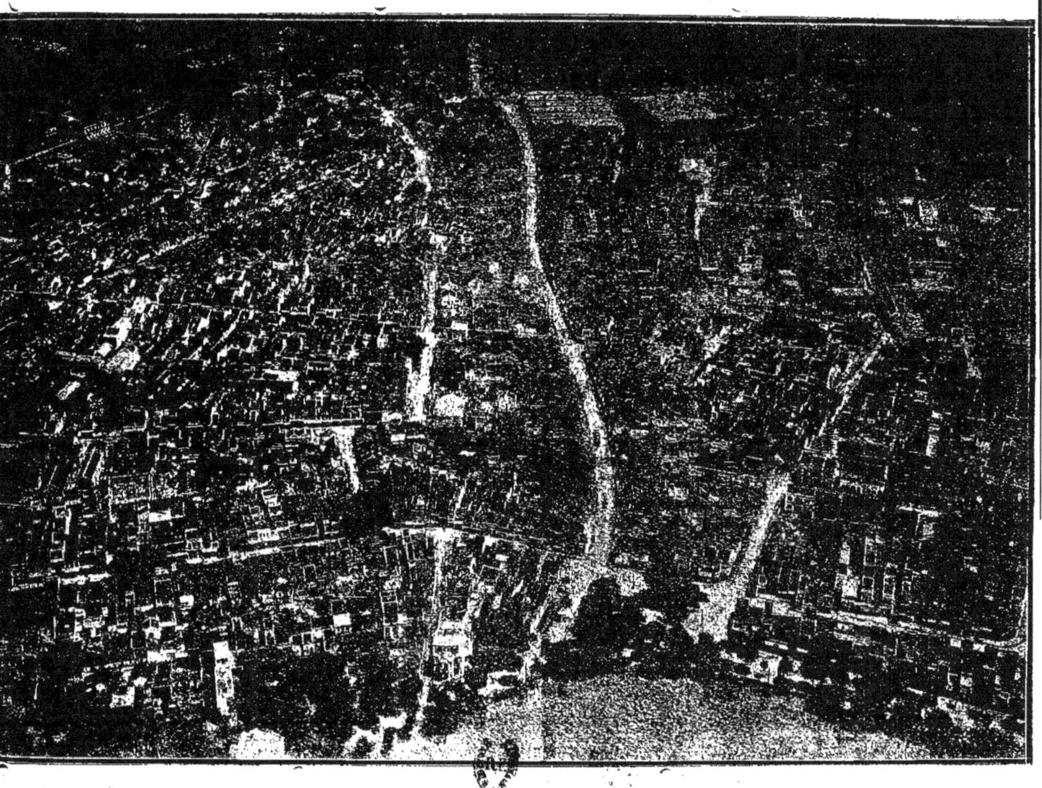

HANOI: *Les Toits de la Ville indigène (Vue prise d'un avion)*

VI

Le culot des petits Commerçants

— Eh bien, paresseux ! C'est maintenant qu'on se réveille? Loulou vient d'entrer dans ma chambre pendant que je commence ma toillette. Il voit mon hésitation à tremper ma tête dans la cuvette et se met à rire.

— Ha! ha!... ce n'est plus l'eau tiède de Saigon, n'est-ce pas? Allons, lave-toi frileux, ou je t'emmène de force à la douche.

Frileux ! j'avoue que je le suis un peu.

Notre eau était froide... mais froide comme la glace fondue, plus froide que notre verre de whisky-soda frappé à Saigon.

Loulou, pour m'ennuyer, défend au boy de nous monter de l'eau chaude. Voyant mon hésitation, il prend une serviette, la plonge dans la cuvette et m'en couvre le visage.

Brrr! je grelotte... Je parviens cependant à me laver sans avoir besoin de recourir à la bouilloire.

— En hiver, il faut réagir, me dit Loulou, sentencieux. Le seul moyen de vaincre le froid c'est de ne pas en avoir peur. Le mouvement active la circulation du sang, et l'on se rechauffe ainsi tout naturellement.

Il parle comme un maître d'école faisant une leçon à ses élèves. L'air sérieux qu'il prend soudain et auquel nous ne sommes pas habitués est d'un réel comique. Il ne lui manque plus qu'une paire de lunettes et une règle à la main pour représenter à la perfection un instituteur cantonal.

Mais, tout à coup, sans transition, il m'interpelle :

— Ah ! Mimi, tu ne devineras jamais l'aventure qui vient de m'arriver?

Quel nouvel exploit Loulou vient-il d'accomplir pensé-je? Il n'a donc pas dormi cette nuit ?

— Eh bien ! je viens d'eng. . . uirlander de magistrale façon le patron du restaurant de la rue de la Soie où nous avons dîné hier soir.

— ! ?

— Il en a un toupet ce phénomène là ! Tu te souviens de la soupe que nous avons commandée hier soir pour minuit?

— Oui, et que nous n'avons pas pu manger.

— Eh bien, j'y ai pensé ce matin en me levant à 6 heures. Je voulais aller m'assurer de notre petit déjeûner, et, comme en hiver rien ne nous remet mieux d'aplomb qu'une bonne soupe bien chaude, j'allais demander au restaurateur de nous servir ce matin la soupe de « sò » que nous avions commandée pour minuit.

— Tu as bien fait !

— Bien fait? tu dis? mal m'en prit, au contraire, car ce chameau de restaurateur non seulement a avalé toutes nos moules mais il m'a réclamé encore, ce matin, 1$00 pour le riz qu'il dit avoir employé pour préparer notre soupe ainsi que pour ses peines et soins.

Baby qui se connaît en matière de cuisine intervient :

— Mais la soupe de moule (cháo sò) ne se prépare jamais à l'avance ! On fait cuire la soupe de riz (cháo) et l'on n'y met les « sò » et les assaisonnements qu'au moment de servir. C'est une histoire de brigands que votre restaurateur vous a racontée pour escamoter vos moules et nous estamper d'une piastre par dessus le marché.

— C'est comme ça ! non seulement il n'a voulu ni me servir notre soupe, ni me rendre mes « sò », mais encore il m'a réclamé une piastre. Alors je me suis disputé avec lui.

— C'est trop fort, fait Baby, il nous prend tous pour des imbéciles !

— Calmez vous, Madame, les petits commerçants sont tous comme çà au Tonkin, explique Loulou, vous en verrez bien d'autres !

L'amour de l'argent ! ils ne connaissent que çà ! vous aurez l'occasion de le constater dans toutes les circonstances de la vie. Au Tonkin, plus que partout ailleurs, le dicton « coi đồng bạc bằng cái bánh xe » (voir la piastre grosse comme une roue de voiture) s'applique aux petits commerçants et aux artisans.

Notre conversation est, à ce moment, interrompue par le boy de l'hôtel qui nous apporte notre petit déjeûner.

Nous décidons alors de commencer, dans la matinée même, la visite de la ville de Hanoï, en commençant bien entendu par le Petit Lac.

HANOI: *Le Petit Lac et le Fleuve Rouge (Vue prise d'un avion)*
On voit au dernier plan la silhouette du Pont Doumer

VII

Le Petit Lac

Le Joli Petit Lac ! Le gracieux Petit Lac !

Le Petit Lac c'est Hanoi.

Tel un sceau apposé sur un acte lui garantit son authenticité, le Petit Lac est le cachet même de la ville de Hanoi.

Il ne peut donc y avoir d'Hanoi sans son Petit Lac, « admirable joyau de jade serti d'émeraude et de rubis » pour employer l'expression enflammée d'un auteur séduit lui-même par la grâce exquise de ce joli coin de notre Capitale.

On ne peut donc faire la description de la Ville sans d'abord parler de ce « joyau naturel », heureux assemblage de lumière, de verdure, de fleurs et de coloris que rend encore plus séduisant la nappe d'eau à reflets verts, parsemée de lotus en fleurs.

Le Petit lac est si joli, si gracieux, que l'on se complait toujours, – en toutes saisons, — à venir l'admirer ; que l'on se sent instinctivement attiré, aux heures où l'esprit surmené cherche un délassement, vers ses bords ombragés pour y goûter la délicieuse fraîcheur qui se dégage de la nappe liquide miroitant sous le soleil, pour y humer les senteurs pénétrantes et les effluves subtiles que répandent les gardénias et les chrysanthèmes garnissant ses squares, les lotus enserrant la pagode de Jade, les Lilas du Japon et les fromagers au feuillage d'un vert éternel et aux fleurs blanches et mauves ombrageant ses minuscules allées.

Comment décrirai-je le Petit Lac?

Mes lecteurs me pardonneront si, pour leur permettre de s'en faire une idée, j'emploie ici une figure naïve qui, cependant, me semble rendre assez exactement l'image du gracieux Petit Lac d'Hanoi.

Figurez-vous un écrin de forme elliptique irrégulière, en velours vert à longs poils soyeux, dont le fond est un miroir. Au milieu de cet écrin, un pendentif formé d'or, d'argent, de vermeil, d'émail, relié à une chaîne en corail qui lui-même s'attache à une broche d'argent placé sur le bord de l'écrin et enfoui dans la soie de la peluche verte. Un peu plus loin, sur la glace unie du fond se détache une breloque d'argent en forme de tour.

Tel est l'effet que produit le Petit Lac avec sa belle et soyeuse parure de verdure éternelle, ses gracieuses pagodes à l'appellation si poétique! — « Pagode de Jade » et « Pagode du Pinceau » — son pont annamite à la silhouette curviligne entièrement laqué en rouge, son Petit Pagodon dressé au milieu d'un îlot, ses lotus qui s'obstiment à encercler de leurs larges feuilles et de leurs grosses fleurs roses les assises des temples comme s'ils avaient pour mission d'en embaumer les parvis.

Tout à coup, comme sur l'étalage d'exposition d'un marchand de jouets, l'œil est attiré sur les bords de ce gracieux écrin par un tramway électrique qui

Cliché « Moniteur »

HANOI : *Le pont Annamite sur le Petit Lac. — La Pagode de Jade*

évolue le long de la route circulaire et s'arrête juste
en face de l'entrée de la pagode du Pinceau, contraste
frappant entre la manifestation de la civilisation
occidentale moderne et les vestiges d'une vieille
civilisation asiatique qui s'obstine à garder son
impassibilité mystique.

Autour de notre écrin, disposons, maintenant,
sur un côté, des constructions de forme annamite
ou chinoise : maisons aux toits carrés, pagodes aux
crêtes représentant des bêtes symboliques en faïence,
aux parvis gardés par des génies aux têtes rébar-
batives ; et, sur un autre côté, des constructions
européennes : palais, hôtels, magasins, maisons
d'habitation, etc...

Cet ensemble où l'Orient et l'Occident se con-
fondent presque sans transition est l'image originale
de la ville de Hanoi où le voyageur peut tomber,
au tournant d'un carrefour, d'une ville européenne
moderne dans une cité asiatique qui porte encore
l'empreinte de son passé, avec l'entassement confus
des ses habitations, avec son architecture impossible
avec ses enseignes bariolées, ses oriflammes sur
lesquelles s'étalent en gros caractère des devises
ou des maximes, son tintamarre perpétuel, rappelant
assez exactement la Rue des Marins, la Rue de
Canton et la Rue de Paris de notre pittoresque Cholon.

Le Petit Lac, comme d'ailleurs presque tous les
monuments et les sites du Tonkin, a son Histoire.
Les Annamites l'appellent « Hồ-hoàn-Kiếm » (Lac

de l'Epée restituée) et en font remonter la Légende
à Lê-Thái-Tô (Lê-Lợi, fondateur de la 2ème Dynastie
des Lê).

Voici ce que racontent à ce sujet les personnes
âgées qui, bien entendu, le tiennent de leurs ascen-
dants, lesquels ont rapporté simplement un conte
dont on berça leurs jeunes ans.

« Lê-Loi, lorsqu'il leva l'étendard de la révolte contre
la domination chinoise alla souvent méditer ses
plans guerriers au bord du Petit Lac d'Hanoi.

Uu jour, une grosse tortue lui apparut tenant dans
sa gueule une épée. Lê-Loi s'en saisit et s'en fit une
arme pour chasser l'envahisseur. Plus tard, sacré
Roi d'Annam, il vint de nouveau se promener en
sampan sur le Lac tenant à la main l'épée magique
qui ne le quittait jamais.

Or, son embarcation, à un certain moment, ne
put plus avancer: un obstacle invisible entravait
sa marche. Lê-Loi se pencha à l'avant de sa pirogue
pour voir ce qu'il en était. Il vit alors la grosse
tortue qui, jadis, lui avait prêté son épée et qui vint
se blottir contre les flancs de son sampan.

Intrigué, le Roi plongea l'épée dans l'eau pour
l'écarter le gêneur, mais la tortue s'empara de
l'arme sacrée et disparut avant que le Monarque
fût revenu de sa surprise ».

Les conteurs ajoutent que la Mission dont Lê-Loi
avait été chargé ayant pris fin, les génies envoyèrent
la tortue reprendre l'épée sacrée qui ne doit être

mise entre les mains des mortels que pour des causes
tout à fait exceptionnelles telle que la Restauration
de l'Empire d'Annam.

*
* *

Le temps est beau ce matin. Bien que la température se maintienne très fraîche, presque froide, un
beau soleil répand sur le Petit Lac une profusion
de lumière faisant miroiter assez vivement la claire
nappe d'eau qui s'étire par moments sous le souffle
d'une légère brise.

Nous débouchons de la Rue Jules Ferry. A l'angle
aigu que forme cette dernière avec l'avenue Beauchamps, se dresse le nouveau Cercle franco-annamite
dénommé « A. F. I. M. A. » (Association pour la formation intellectuelle et morale des Annamites) auquel nous nous proposons de rendre prochainement
visite. Ce beau local, de style purement annamite,
précède un pagodon dédié aux Rois de la Dynastie
des Lê et dans lequel se trouve une stèle célébrant
leurs grandeurs. Non loin de là s'élève l'Hôtel du
Secrétaire Général de l'Indochine contre lequel est
adossée la Direction des Finances.

Nous descendons vers les bords du Petit Lac pour
parcourir à pied ses gentilles petites allées bordées
de fleurs.

L'eau reflète avec une parfaite netteté les arbres et
les maisons situés sur le côté opposé. Tout près de
nous des troncs noûeux se tordent, étalent leur bran-

ches ombrageuses sur nos têtes et plongent avidem-
ment leurs feuilles dans l'onde fraîche.

Emerveillé par ce délicat paysage, je m'arrête un
moment. Au fond, vers les abords de la ville indigène
où grouille, telle une fourmillère, une population
laborieuse, évoluent les crêtes de la Pagode de Jade
dont la gracieuse silhouette tranche agréablement
sur le vert du bosquet qui l'abrite. A notre droite se
profile le pagodon de la Littérature qui se mire dans
l'onde tranquille.

... Et je m'oublie à rêvasser pendant que sur ma
tête une nuée de petits oiseaux prennent leurs ébats
et se pourchassent en poussant de petits cris qui
ressemblent aux éclats de rires d'enfants.

Mais Loulou toujours impatient de circuler me
prend par le bras.

— Bouge donc, mon vieux, tu ne vas pas prendre
racine à cet endroit ?

Loulou m'entraîne le long du petit trottoir dallé
qui borde la rue Jules Ferry.

— Regarde donc ces bâtiments : c'est la Chambre
d'Agriculture et de Commerce, et, plus loin, l'Hôtel
de « l'Avenir du Tonkin » avec ses deux étages domi-
nant les maisons du quartier.

Notre groupe s'avance toujours.

Nous voici à la jonction de la Rue Jules Ferry avec
la Rue Paul Bert — le Catinat d'Hanoi, — se prolongeant par la Rue Borgnis Desbordes. A notre
droite se dresse le Commissariat central de Police,
bâtisse assez élégante ; à notre gauche le Petit Lac

HANOI: *Le Petit Lac*

arrondit ses bords pour longer la Rue Paul Bert où passent en ronflant de nombreuses automobiles.

Des magasins français, annamites et chinois s'allongent face au square du Lac qui s'élargit à cet endroit la ville commerçante française commence.

Nous arrivons bientôt au marché aux fleurs, au carrefour de la Rue Paul Bert et du Boulevard Dong Khanh. Une fontaine monumentale se dresse au milieu du parc dont les pelouses sont presque entièrement occupées par des jeunes bouquetières.

Baby qui aime les fleurs s'extasie devant les paniers où de merveilleux chrysanthèmes de toutes les nuances voisinent avec des roses, des œillets, des gardénias, des lotus blancs et roses.

Que de fleurs ! que de fleurs ! Et comme elles sont belles, et fraîches et grosses, et variées. A peu près toutes les fleurs de France viennent très bien au Tonkin.

Pour trois sous nous nous procurons chacun une dizaine de roses que nous prenons plaisir à tenir à la main.

A partir du marché aux fleurs, la ville s'est complètement « européanisée ».

Devant nous, les Grands Magasins Réunis de l'U. C. I A. dressent leur élégante façade que rehaussent aux angles, de petits clochers enjolivés d'une horloge.

Sur l'alignement de la Rue Paul Bert s'élèvent des constructions européennes de formes variées mais toutes très agréables, dans lesquelles s'est établi le commerce français.

Au fond se dresse le Théâtre Municipal d'Hanoi avec une perspective rappelant vaguement — en réduction bien entendu — l'Avenue de l'Opéra à Paris.

Continuant notre promenade nous obliquons à gauche et nous prenons le Boulevard Françis Garnier. Après avoir dépassé le grand Hôtel Terminus qui fait le pendant des Grands Magasins de l'U. C. I. A. nous voyons, toujours sur notre droite, se dresser l'Hôtel des Postes et Télégraphes précédant le joli square Paul Bert avec ses parterres parsemés de chrysanthèmes, avec ses grands arbres ombrageant les allées qui serpentent autour du kiosque de musique et de la Statue de Paul Bert. Le Pacificateur de l'Indochine, juché sur son piédestal, le drapeau à la main, semble contempler, lui aussi, le joli Petit Lac

Nous voici devant la Mairie puis devant le Cinéma Pathé Frères, la Société Philharmonique après laquelle nous tombons dans la ville indigène dont le brouhaha parvient déjà à nos oreilles.

Baby nous propose de revenir sur nos pas pour visiter les grands Magasins dont les étalages semblent avoir exercé sur elle leur magique attraction.

HANOI : *Un coin du marché aux fleurs*

VIII
Les Grands Magasins Réunis de l'U. C. I. A.
Visite à la ville française

L'U. C. I. A. (L'Union Commerciale Indochinoise et Africaine) a monté à Hanoi les « Grands Magasins Réunis ».

C'est une construction vaste et élégante ayant façade sur trois artères des plus importantes de la Capitale : la Rue Paul Bert, et les Boulevards Dong-Khanh et Rollandes.

On y trouve depuis la mercerie jusqu'aux conserves alimentaires, depuis la quincaillerie jusqu'aux articles de parfumerie et à l'ameublement ; depuis la sellerie jusqu'à l'orfèvrerie et à la bijouterie de prix. On peut aussi s'y faire confectionner, sur mesure, des vêtements ou des chaussures, et même y commander une installation complète de salle de bains ou d'électricité (1).

Les Grands Magasins Réunis et la Rue Paul Bert

C'est dire qu'on y trouve de tout, et à des prix

____

(1) Cet ouvrage a été écrit en 1922 avant l'ouverture à Saigon des Grands Magasins Charner.

relativement modérés et, en tout cas, plus abordables que ceux des grands magasins de Saigon.

Ces magasins offrent, en outre, sur ceux de Saigon un autre avantage : on peut y circuler, en simple curieux, dans toutes les galeries, sans être constamment gêné par des vendeuses qui, le sourire aux lèvres, vous abordent pour vous adresser les sacramentelles questions : « Vous désirez Monsieur ? » — « Qu'y a-t-il pour votre service ? »... sortes d'ultimatum auquel il est bien difficile de résister.

Je connais pas mal de personnes qui n'osent point franchir le seuil des grands Magasins de Saigon où elles pourraient admirer cependant de fort belles marchandises ! Ces personnes se croient, en effet, obligées, en y entrant, d'acheter quelque chose pour n'avoir pas l'air emprunté.

Il résulte de ce fait que les Magasins de Saigon perdent souvent l'occasion de vendre des articles dont la simple vue aurait décidé bon nombre d'acheteurs ; lesquels, de leur côté, en raison de leur timidité, se contentent de jeter un coup d'œil aux vitrines extérieures et ignorent presque toujours qu'ils peuvent trouver sous la main des marchandises dont ils sont en quête depuis longtemps.

A Hanoi, il en est autrement. Annamites, Chinois, Etrangers, aussi bien que les Français ; les gens pouilleux aussi bien que les aristorates ;

« *Ministres et banquiers* ».

« *Bonn'tiers et gargotiers* »...

peuvent à tout moment se coudoyer dans les G. M. R.

HANOI : *La Rue Paul Bert*

sans être gênés en aucune façon et sans se croire obligés d'en repartir avec un paquet sous le bras.

Les marchandises y sont groupées par « rayons » comme dans les stands d'une Exposition. Chaque rayon est occupé par une jeune dame ou par une demoiselle dont la jolie frimousse émerge, telle une fleur épanouie, des étalages à ordonnance judicieuse.

Dans les nombreux couloirs circulent une foule de clients... ou de curieux, causant, riant; à l'étage supérieur où l'on accède par un vaste escalier, sont exposés des tissus, des articles de Mode, d'ameublement, de voyage, des jouets, de la passementerie, des tableaux décoratifs etc... on y retrouve la même affluence avec, cependant, cette différence qu'ici le brouhaha de la foule est remplacé par des jolis caquets et des rires argentins qui fusent, chatouillant agréablement l'oreille, et par le frou-frou de belles robes.

*
* *

En sortant des G. M. R. nous remontons lentement la rue Paul Bert jusqu'au Théâtre Municipal qui en constitue le couronnement.

Cette artère est la plus française de la Ville : elle rappelle notre rue Catinat de Saigon dont elle n'a cependant ni la longueur ni la gracieuse et fraîche voûte de verdure.

D'élégants Magasins offrent aux regards émerveillés une longue série de riches vitrines qu'interrompt, sur une cinquantaine de mètre, la façade massive, sobre et austère de l'Université : puis ce sont des terrasses de café : Café de la Paix, Hanoi-Hôtel, le Coq d'Or, etc...

Nous voici devant le Théâtre : c'est un grand bâtiment de style assez lourd. Sous le rapport de l'élégance comme sous le rapport de l'aménagement intérieur et de la décoration, il ne vaut pas celui de Saigon ; mais de l'extérieur, sa grande masse en impose.

Nos « caoutchouc » tirés par de vigoureux coolies défilent bientôt rapidement à travers la ville française qui occupe toute la partie Sud de la Capitale.

En bordure de grands boulevards bien tracés, bien entretenus, s'érigent de très belles constructions servant de bureaux de divers services ou de logements de Hauts Fonctionnaires ; de gracieuses villas entourées de jardinets ou discrètement enfouies sous de grands arbres alignent leurs élégantes façades le long de toutes les artères, donnant à ce coin de la ville un je ne sais quoi de doux, de gai, et de tranquille qui en fait le charme.

L'architecture des maisons d'Hanoi doit nécessairement frapper le Cochinchinois de passage au Tonkin qui n'y retrouve plus les constructions à toiture simple auxquelles ses yeux sont habitués à Saigon. La présence de cheminées sur les toits, de vitres aux fenêtres — précautions indispensables pour l'Hiver — les dispositions compliquées des toitures, la suré-

HANOI: *La Rue Jules Ferry*

lévation des bâtiments pour l'aménagement d'un sous-sol, feraient de ce quartier un petit coin de la France si l'on n'y voyait, à toute heure de la journée, trotter dans les rues des « caoutchouc » ou des « choléras » traînés par des hommes-chevaux qui sont une des caractéristiques des villes asiatiques.

Les Monuments de Hanoi sont très nombreux mais la plupart sont des bâtiments administratifs. Nous ne citerons, — en dehors du Gouvernement Général qui occupe le quartier Ouest de la Ville, et que nous visiterons plus tard, — que les plus importants :

Le Palais de la Résidence Supérieure qui rappelle celui du Gouvernement de la Cochinchine, avec cette différence qu'une grande grille en agrémente la façade et que le perron d'honneur est garni d'un grand auvent sous lequel les voitures s'engagent par deux rampes d'accès disposées en croissant ; — les Bâtiments imposants du Service des Travaux Publics ; l'Hôtel des Postes et Télégraphes ; le Trésor ; la Mairie ; la Cathédrale ; l'Hôpital indigène ; l'Hôpital de Lanessan ; le Palais de Justice ; l'Hôtel de la Compagnie française des Chemins de fer du Yunnam ; le Commissariat central de Police ; le Service de la Sûreté ; l'Hôtel de l'Avenir du Tonkin ; la Direction des Services Economiques ; la Douane ; la Société Philharmonique ; le Musée Maurice Long, siège des Foires annuelles ; le Musée archéologique ; la Bibliothèque centrale ; les Bureaux de la Résidence Supérieure ; l'Hôtel Métropole ; le Château d'eau ; l'Ecole de Médecine ; la Gare de Hanoi ; le Collège Paul Bert ; la

Munufacture des Tabacs ; le Lycée Albert Sarraut ; le Collège du Protectorat ; la garde indigène ; la Direction des Finances ; la Chambre de Commerce et d'Agriculture ; la Gendarmerie coloniale ; la Caisse locale des Retraites ; la Banque de l'Indochine ; l'Université (Ecole de Droit et d'Administration) ; le Marché de DongXuàn, etc... etc,...

Le temps matériel nous fait défaut pour visiter en détail les établissements scolaires, les hôpitaux et les Musées. Nous nous promettons d'y revenir afin de pouvoir compléter, à l'intention de nos amis cochinchinois, le tableau de ce que nous avons vu au Tonkin

HANOI : *Le Théâtre Municipal*

IX
Le quartier militaire

Le Gouvernement Général

Le Jardin Botanique

Pour se rendre au Gouvernement Général, on
peut prendre soit le Boulevard Carnot, soit l'Avenue
Puginier. C'est cette dernière voie que je vais emprunter pour conduire mes lecteurs dans la visite
que nous allons faire ensemble au quartier Nord-
Ouest de la Ville.

Nous reviendrons, après avoir parcouru le Jardin
Botanique, visité le Grand Lac, le Lac de Truc-Bach
et le Pagode du Grand Bouddha, par la Digue longeant le Fleuve Rouge.

L'Avenue Puginier commence au square Neyret
qui forme, pour ainsi dire, la transition entre la ville
indigène et le quartier européen. Elle aboutit au
Poste de Garde du Gouvernement Général.

Dans la première partie de son parcours, l'Avenue
Puginier dessert le quartier militaire, vaste quadrilatère comprenant les casernes du 9ᵉ Régiment d'In-
fanterie coloniale, celles des Régiments des Tirailleurs Tonkinois, la Télégraphie sans fil militaire, les
champs de manœuvre, le service de l'Intendance, le
Génie, les Bureaux de la Division et de la Brigade, etc.

On y voit encore l'ancien mirador annamite qui
sert actuellement de poste de télégraphie militaire,
et les vestiges de l'ancienne forteresse royale. Sur

le côté Nord de la Citadelle (Cửa-Bắc) on peut remarquer dans le grand mur de soubassement d'un
bastion, un trou d'obus surmonté d'une plaque de
marbre portant la date du 21 avril 1882 et l'inscription commémorative du Bombardement d'Hanoi.

Après avoir dépassé le quartier militaire, le visiteur aperçoit dans le lointain, tranchant sur le vert
uniforme des grands arbres, la silhouette blanche
du Palais du Gouvernement Général.

Je ne comprends pas pour quelle raison, on avait
cherché à reléguer le Chef de la Colonie en dehors
de la ville, car à l'emplacement où il se trouve, le
Gouvernement Général est en pleine campagne.

Le Palais a été construit au milieu d'un grand
parc s'adossant au Jardin botanique. La grille principale donnant sur l'Avenue de la République, est
toujours fermée ; aucune sentinelle n'y est affectée.
Par contre, l'entrée située à l'extrémité de l'Avenue
Puginier est gardée par un Poste d'Honneur com-
mandé par un Sergent : elle est réservée au Gouverneur Général et aux personnages de marque, invités
par le Chef de la Colonie.

Une autre entrée, dite « Porte Nord », de style
annamite, gardée par une sentinelle, permet l'accès
du parc aux fonctionnaires se rendant aux Bureaux
du Gouvernement.

Le Palais, qui a l'aspect d'une caserne géométrique
et lourde, est loin d'avoir l'esthétique de celui de
Saigon. Plus élevé en raison de ses deux étages
surmontant un rez-de-chaussée, lequel est exhaussé

HANOI : *Le Vieux bastion de la Citadelle*
On voit, dans ce mur, la trace laissée par les obus lors du bombardement
de Hanoï, le 21 avril 1882

lui-même d'un sous-sol, il est plus réduit en ses dimensions d'ensemble. La forme générale n'a pas l'harmonie du Palais du Sud, ni son noble et imposant caractère.

Sa situation en pleine campagne, les troupeaux de buffles, de bœufs qui paissent tranquillement sous ses fenêtres, dans le grand terrain vague de la rue Brière de l'Isle, la rareté des passants devant son portail, lui enlèvent, en effet, l'aspect austère qui convient à toute demeure gubernatoriale, et qui force le respect (1).

Sur l'alignement du Palais du Gouvernement Général et à l'intersection des avenues de la République et Van Volhenhoven, se dresse le monument « La France ».

Vu du Gouvernement Général, ce monument présente la silhouette d'un buste de femme surmontant un bloc informe de pierre sur lequel ont été passés des coups de badigeon de diverses couleurs. Aussi je n'hésiterai pas à en signaler l'inélégance. Peut-être en agrémentant la façade postérieure de ce monument d'un peu de verdure de manière à cacher le dos tronqué de Mariane, on arriverait à choquer un peu moins les yeux, sans réussir toutefois à corriger la laideur et la massiveté de l'ensemble.

---

(1) Cet ouvrage a été écrit en 1922.— Il paraît que, depuis, les Terrains militaires de la Rue Brière de l'Isle et de l'Avenue Puginier ont été lotis et vendus aux enchères publiques afin de permettre aux particuliers d'y construire des maisons d'habitation suivant des modèles approuvés par le Gouvernement.

La façade principale du monument donnant sur l'avenue Victor Hugo est plus agréable. Elle représente la France assise dans un fauteuil et entourée de ses 3 filles adoptives, une Cochinchinoise, une Tonkinoise et une Cambodgienne qui lui apportent les produits du pays ; un tirailleur posté à gauche du groupe semble, à son geste, expliquer la scène au visiteur.

De chaque côté de la partie centrale du Monument, deux énormesnageurs en pierre, au profil asiatique fortement accentué, prennent leurs ébats dans l'onde tourmentée dont les lames viennent lécher le piédestal de la République Ces deux nageurs représentent, paraît-il, l'un le Mékong et l'autre le Fleuve Rouge. C'est du moins la déduction que j'ai cru pouvoir faire à la vue des figurines allégoriques qui les accompagnent : le Naga [(serpent à sept têtes du pays Khmer) et le Dragon dont le sang aurait autrefois rougi les eaux du Sông Côi.

*
* *

Nous reprenons notre promenade par le Jardin Botanique auquel donne accès la Porte de l'Avenue Puginier.

L'Hiver du Tonkin n'est pas assez rigoureux pour dépouiller les arbres de leur manteau vert, aussi le parc a-t-il conservé la riche parure qu'on lui connaît ainsi que la note gaie d'une douceur infinie qui invite à la rêverie.

HANOI: *Le Gouvernement Général*

L'allée par laquelle nous venons de nous engager est bordée de lilas du Japon dont le feuillage élégant piqué par endroits de grappes de fleurs mauves se joint en une voûte d'une fraîcheur exquise. Des palmiers élancés agitent leurs têtes échevelées sous le souffle de la brise qui vient de secouer la cime des arbres. De grands banians enchevêtrent leurs branches noueuses qui servent d'appuis aux plantes grimpantes dont les fleurs jaunes ou rouges retombent par grappes et forment sur nos têtes un dôme frais et odorant aux nuances variées et délicates. Des frangipaniers étalent leur léger feuillage au-dessus des banquettes où des couples d'amoureux se chuchottent d'interminables serments...

Instinctivement nous ralentissons nos pas comme si nous éprouvions nous-mêmes une sorte de respect devant le recueillement de la nature, en ce parterre où tout inspire de la poésie sentimentale.

Au cœur du jardin une pagode se dresse presque entièrement enfouie sous de grands arbres. La grande porte d'entrée, en forme d'arc de triomphe à trois arcades, enjolivée d'animaux en faïence : dragons, lionceaux, poissons, chauves-souris, phénix, etc. est jalousement gardée par deux minuscules éléphants en bois peint placidement accroupis.

La quasi solitude dans laquelle est plongée ce coin du parc lui donne un cachet mystique qui n'est pas dépourvu de charme, et nous nous surprenons, en y parvenant, à baisser instinctivement nos voix comme.

si nous avions peur de troubler le pieux silence qui règne en ce saint lieu.

Nous voici devant la partie la plus animée du jardin: sur de nombreux bancs alignés le long des allées ombragées une foule bigarée a pris place pour écouter la fanfare militaire qui donne son concert périodique dans un kiosque. Des enfants aux minois espiègles aux joues roses, aux yeux vifs, prennent leurs ébats sur le gazon ou s'accrochent aux balançoires ou aux anneaux

Le Jardin botanique. -- Après-midi dominical

qu'on a eu l'excellente idée d'installer à leur intention à cet endroit. Dans des cages, des ours et des singes amusés par cette affluence hebdomadaire et dominicale, regardent d'un air narquois les promeneurs à qui ils lancent de temps à autre une exclamation ironique. Dans des volières, des oiseaux jaseurs font entendre leurs gais pépiements comme s'ils veulent, eux aussi, participer au concert général. Seuls, debout au bord de l'étang aux nénuphars, immobiles en leur jaquette noire, des marabouts aux têtes chauves, à l'air grave et rêveur, semblent vouloir rester étrangers à la joie de vivre qui anime toute la nature en ce bel après-midi.

X

Le Grand Lac et le Lac des Bambous blancs
Le Grand Bouddha

Nous sortons du Jardin botanique par la porte Nord.

Devant nous s'étale la large nappe d'eau qu'est le Grand Lac appelé par les Annamites Lac de l'Ouest (Hô-tây) et qui rappelle vaguement, par ses dimensions, un coin cochinchinois du Mékong.

Une brise froide vient de rider la face de l'immence miroir qui reflète un ciel gris fortement embrumé. Le crépuscule commence à tisser sur cette grande étendue d'eau son voile de brouillard que le disque rouge du soleil s'efforce en vain, dans la dernière partie de son trajet, à percer de ses rayons sarglants.

Au loin se silhouettent le pignon blanc et les toits incurvés de la Pagode « Trấn Bắc » dite aussi Pagode des Lépreux, perdue dans une presqu'île et enfouie sous des bananiers.

Une ligne grise marque, à l'horizon, la digue qui sépare le Grand Lac du Fleuve Rouge.

— Nous n'avons que juste le temps de visiter la Pagode du Grand Bouddha, fait Loulou, pressons-nous, car la nuit va tomber.

— Pourquoi « Grand Bouddha » ? questionne ingénuement Baby. Il paraît qu'il n'y a jamais eu qu'un seul Bouddha qui est Bouddha tout court, comme Jésus est Jésus tout simplement.

— Eh bien, Madame, les Français appellent à tort Bouddha tout ce qui est adoré par les Orientaux et

qui revèt une forme humaine. Notre «Grand Bouddha»
est ainsi nommé à cause de sa taille. C'est une statue
colossale de 4 mètres de hauteur, en bronze noir,
représentant le mandarin Trân-Vo assis dans un
fauteuil.

Nous sommes arrivés, maintenant, sous le portique de la pagode. Une nuée de congaïes nous assiègent en criant « Bầm quan lớn đi lễ » « Bầm bà lớn
đi lễ » (Messieurs, Mesdames veulent-ils faire une
offrande à Bouddha ?) Elles nous présentent chacune
un plateau en bambou tressé garni de bétel, de noix
d'arec, de fleurs, de bàtons d'encens et de papiers
de culte.

En vain je tàche de faire comprendre que nous
venons à la Pagode en simples curieux et que nous
ne désirons rien offrir au Grand Bouddha ; ces braves filles se bousculent, se disputent... et renversent
sur nous le contenu de leurs plateaux malpropres,
puis, les yeux larmoyants, elles cherchent à nous
apitoyer sur la perte qu'elles viennent de subir.

— Elles en ont un culot ces congaïes! s'exclame
Loulou. Sommes-nous donc responsables des conséquences de leur sans-gêne?

— C'est une façon de nous forcer à acheter leurs
marchandises en rebut, souligne Baby.

— Pour en finir, tempère Nestor, donnons leur
0$20 à chacune Nous n'allons pas nous éterniser
ici en discussions idiotes.

Les quelques pièces blanches que Nestor se met

HANOI : *Les portiques de la Pagode du Grand Bouddah*

en devoir de distribuer apaisent comme par enchantement le caquet des marchandes qui s'éparpillent bientôt le long de la digue pour disparaître dans le hameau voisin.

— Elles nous prennent pour des imbéciles! dit Baby. Elles ne feraient pas le même coup avec des Européens.

— Pour sûr que non! D'abord parce qu'au Tonkin les indigènes ont une frousse intense des Blancs, et ensuite parce qu'ils savent que les Français ne gaspillent pas leur argent à vouloir gaver Bouddha d'aliments et de chiques qu'il est incapable d'avaler.

Après ce petit incident, nous franchissons les portiques de la Pagode, qui donnent sur une grande cour intérieure très ombragée, précédant le bâtiment dans lequel, à la lueur vacillante des cierges rouges, toute une population de fidèles prosternés, marmotte des prières à voix basse, pendant que les bonzes achèvent la cérémonie commencée depuis le matin, en scandant leurs oraisons de petits coups de cymbales.

Mais voici que l'office prend fin. La pieuse assistance exécute une dernière fois des lays et se retire à pas étouffés. Par respect pour la croyance populaire, nous nous effaçons dans un coin de la pagode afin de laisser les derniers pratiquants s'en aller tranquillement, psalmodiant encore tout bas leurs incantations à Bouddha.

Nous avançons alors vers le chœur. Un bonze, qui guigne la petite pièce, s'avance vers nous l'air des plus accueillants. J'explique au brave prêtre que nous désirons voir la noble figure du «Quan Thánh» (Saint Mandarin). On nous conduit dans le sanctuaire. Deux bonzes écartent les grands rideaux qui masquent la colossale statue aux regards des profanes, et nous pouvons voir le seigneur Trân-Vu darder sur nous ses yeux terribles. La statue est juchée sur un piédestal en pierre de 1 mètre de haut sur 4 mètres de côté : elle est vêtue d'un immense manteau de soie rouge brochée (Gấm) qui protège de la poussière la froide massiveté de son corps de bronze. Sa tête touche la charpente du bâtiment ; sa barbe fleuve flotte le long de son habit de cour. Sa grosse main tient une lourde épée dont la pointe est posée sur une tortue, pendant qu'un serpent enroule de ses vigoureux anneaux la forte lame.

La clarté douteuse de ce sanctuaire donne à la statue colossale de Trân-Vu un je ne sais quoi de majestueux et de terrible à la fois que viennent encore renforcer les ombres vacillantes produites par des cierges rouges qui se consument lentement, et l'atmosphère saturée d'encens, d'alcool, d'aliments cuits, de fleurs, de fruits. . . qui donne au visiteur la vague impression qu'il se trouve dans un monde mystérieux et surnaturel.

Tout autour de l'autel central, alignées sur des estrades symétriquement disposées, tout un monde d'idoles, de toutes formes et de toutes dimensions, montent la garde, figées dans une immobilité impassible.

Comme l'aspect de ce lieu de culte diffère de celui d'une Eglise catholique! Alors que dans cette dernière, l'œil est agréablement flatté par des douces nuances savamment assemblées, par l'air serein, débonnaire et sympathique des statues religieuses, par la propreté du matériel en usage; ici tout est sale et poussiéreux; la laque rouge dont sont revêtus autels, tabernacles et tablettes et la couleur sombre des tentures et des panneaux choquent vivement les regards; le culte bouddhiste s'ingénie, enfin, à donner à la plupart de ses divinités une physionomie rébarbative, grimaçante, effrayante afin de frapper plus aisément ses adeptes et leur inspirer la crainte des maléfices.

Chez les chrétiens, on implore la protection des anges et des saints; chez les bouddhistes et les paganistes on cherche surtout à apaiser le courroux des mauvais génies. Chez les uns on vénère les bons et les vertueux, chez les autres on rend souvent un culte aux génies parce qu'ils sont simplement méchants et que l'on a peur d'eux.

Je ne veux pas dire que la religion bouddhiste n'honore pas les hommes vertueux et les bons génies; je veux simplement attirer l'attention du lecteur sur ce fait que chez les chrétiens on méprise le démon dont on a cependant grand peur, et que l'on n'y rend jamais de culte aux esprits méchants quelle que soit leur puissance.

. . . .

— Il se fait tard... Allons-nous en !

Loulou me prend la main pour m'entraîner hors de la pagode où l'on commence à ne plus voir clair. Les cierges ayant fini de se consumer s'éteignent, en effet, une à une. Sous les gros yeux du Grand Bouddha dont les prunelles forment dans ce pénombre deux énormes taches blanches sur un fond uniformément sombre, trois interminables baguettes d'encens de la grosseur d'un pouce se consument lentement. Ce ne sont plus maintenant que trois points de feu autour desquels gravitent des volutes de fumées bleuâtres.

Nous nous dirigeons vers la sortie accompagnés du bonze complaisant qui vient de recevoir la pièce blanche convoitée et qui se confond en remerciements et en salutations.

Tout à coup, je remarque que la bonne et douce compagne de mon ami Loulou manque à l'appel. Intrigués, nous revenons tous sur nos pas.

— Tenez s'exclame tout à coup Nestor, la voilà, Madame Loulou, aux pieds du Grand Bouddha!

C'est elle, en effet, qui, restée en arrière, a voulu profiter de notre avance de quelques minutes pour faire ses devoirs au seigneur Tran-Vu.

Par respect humain, elle s'est tenue sur la réserve tant que nous étions là ; maintenant, elle touche de ses doigts menus la botte du terrible mandarin de bronze et se signe avec ferveur comme le ferait une fervente paroissienne catholique avec de l'eau bénite.

Nous nous arrêtons sous la travée d'entrée de la pagode pour lui laisser le temps d'achever son acte de piété. La voilà qui joint ses jolies petites mains au-dessus de son front et qui incline sa fine tête aux cheveux lustrés à l'huile de coco et élégamment noués en un chignon artistique : c'est la fin de son acte d'adoration.

Loulou, qui ne croit à Dieu ni au diable, a sur ses lèvres un sourire ironique. « Ma femme est vraiment folle, dit-il, elle croit fermement ce que lui racontent les commères, à savoir qu'il lui suffit de toucher les orteils du Grand Bouddha pour être éternellement belle » ! ·

Nous voici, enfin, tous réunis au bord du Grand Lac. Le froid est de plus en plus intense. Chacun de nous s'enveloppe dans son pardessus, et nous continuons notre promenade par la digue qui sépare le Grand Lac du Lac de Truc-Bach que nous voyons à notre droite.

— Le Grand Lac que vous voyez là, dit Loulou, a son histoire. Il paraît qu'à une époque que je ne puis définir, il existait ici même une forêt de « Gu lim ».

— Qui est devenue un lac alors !

— Oui, parfaitement.

— Tu n'est pas de Marseille, Loulou ?

— Moi, je n'ai pas inventé le fil à couper le beurre. C'est une Légende dans le goût de celle du Petit Lac. Les Tonkinois la récitent à qui veut l'entendre. Je vais vous la raconter à mon tour.

Et Loulou se met en devoir de nous débiter l'histoire de l'incroyable Khong-Minh-Khong que nous entrecoupons d'éclats de rire.

Je ne résiste pas au désir de la narrer à mon tour à mes lecteurs qui me sauront gré de les divertir un bon moment. Donc je commence : (1)

« Sous la Dynastie des Ly, le bonze Khong-minh-Khong, homme d'un grand pouvoir magique auquel on attribue de nombreuses actions merveilleuses, entr'autres celle d'avoir ramené à la forme humaine le Roi Lè changé en tigre, se rendit, un jour en Chine sous prétexte d'y quêter.

Autorisé par l'Empereur de Chine à pénétrer dans le magasin à cuivre pour en remplir un petit sac qu'il portait avec lui, il put miraculeusement emporter tout ce que contenait ce magasin.

De retour au Tonkin, il fit fondre avec ce cuivre une énorme cloche ainsi qu'un buffle semblable à celui que possédait l'Empereur de Chine.

Or, un jour, ayant frappé, maladroitement la cloche, celle-ci résonna et le buffle d'or de l'Empereur de Chine croyant que sa mère l'appelai accourut au Tonkin.

Minh-Khong effrayé, craignant une vengeance jeta la cloche dans le grand Lac. Aussitôt les buffles d'or se précipitèrent à la suite et disparurent.

Plus tard, à la suite d'inondation la cloche fut entraînée par le courant à Luc-dau-giang (Sept Pagodes)

____

(1) Histoire militaire de l'Indochine de 1664 à nos jours

— Les Tonkinois, ajoute Loulou, prétendent qu'en se débattant les buffles d'or ont entraîné dans le Lac la forêt de « Gu lim » qui existait à cet endroit, ce qui accrut considérablement la largeur de la nappe d'eau.

— Incroyable !

— Et moi, surenchère Nestor, j'ai entendu dire que les buffles ont laissé, en terre d'Annam, la trace de leur voyage de Pékin à Hanoi : C'est le Song Tò Lich qui s'est creusé, depuis, sous leurs pas !

— Pour sûr, ils me renversent vos Tonkinois ! Celui qui a fait la géographie de l'Indochine aurait dû, à mon avis, placer le Tonkin au midi de la péninsule au lieude la flanquer au Nord. Ils en inventent de cocasses !

— On m'a dit aussi, déclare Baby, que la femme qui aura 10 garçons tous vivants pourra seule retirer de ce Grand Lac la cloche et les buffles qui s'y sont engloutis.

— De plus en plus fort !

— Les Tonkinois prétendent même qu'une certaine femme ayant neuf enfants mâles vivants serait venue implorer le Grand Bouddha pour en avoir un dixième. A l'arrivée de cette femme, la cloche de bronze émergea tout à coup puis disparut de nouveau sous l'eau.

Mais, tout en bavardant, nous arrivons au pavillon de la Société nautique.

A notre droite, le Lac des Bambous Blancs (Hô Bach Truc) déroule son joli panorama constitué par des villas, des jardinets, par les bâtiments de la Manufacture des Tabacs qui lancent vers le ciel des volutes de fumées grisâtres, par la presqu'île des Fondeurs où s'entassent des maisons indigènes.

La nuit, bientôt, tisse son voile noir sur ce tableau qui s'estompe lentement. Des crapauds-buffles commencent leur interminable litanie.

Nous sentons une tristesse infinie nous envahir et nous nous empressons de monter dans nos « caoutchouc » pour gagner la ville dont les lumières auréolent l'horizon.

HANOI : *Le crépuscule descend sur le Grand Lac*

XI

Les digues et les inondations au Tonkin

La nuit est à fait venue au moment où nous nous engageons sur la grande digue longeant le Fleuve Rouge, et se continuant par le Quai du Commerce et le Quai Clémenceau.

A notre droite les bâtiments de la Manufacture des Tabacs et ceux de l'Usine des Eaux profilent leurs grandes et sombres silhouettes que trouent, par endroits, de larges fenêtres laissant passer, avec un flot de lumière, des éclats de rires argentins, des bribes de chansons et d'interminables arpèges.

A notre gauche, sur la pente douce qui descend de la route pour mourir, à plusieurs centaines de mètres de là, dans les eaux limoneuses du Song-Coï, s'étalent des cultures diverses enserrant les quelques misérables cabanes qui forment les hameaux de Yên-Ninh et de Phuc-Lâm.

Devant nous, un long chapelet de lumières se perdant à l'horizon, marque le Boulevard des quais : transversalement le Grand Pont Doumer, tel un dragon colossal, déroule

La Grande Digue du Fleuve Rouge et le Pont Doumer

à perte de vue ses gigantesques anneauxmétalliques.

— Toutes ces cases là, dit Loulou, en étendant sa main vers le Fleuve Rouge, sont inondées en été.

— Bah! fait Baby, le Song Coï est encore bien loin et à un niveau beaucoup plus bas.

— C'est ce qui vous trompe, Madame. Les crues du Fleuve Rouge sont terribles et c'est en vue de sauvegarder la Capitale de l'inondation que cette digue a été construite.

— Loulou a raison, intervient Nestor. Presque tous les ans, en été, les eaux des fleuves du Tonkin, et en particulier celles du Song-Coï, se grossissent dans de proportions effrayantes. Elles pressent à ce moment, contre les digues qu'elles rompent parfois pour envahir d'immenses étendues noyant les récoltes, emportant des habitations, et faisant même des victimes humaines.

Quel pays! une population très dense, une production agricole insuffisante en considération du nombre d'habitants, et la menace constante d'une catastrophe!

— C'est pour cela que nous devons avoir de la compassion pour les habitants du Nord. Ceux qui n'ont pas vu les misères dont souffrent les Tonkinois ne savent pas apprécier la richesse et la situation exceptionnelle de la Cochinchine où l'on ne peut se figurer de pareilles calamités.

— L'eau dépasse quelquefois, dit Nestor, trois mètres de hauteur dans la campagne. Les habitants qui ont pu se sauver dans des barques sont, pendant de longs mois, réduits à la misère, à la famine. Les annales annamites ont enregistré de formidables inondations au Tonkin qui ont pris les proportions d'une calamité nationale.

La question des inondations et des digues est, en effet, d'un intérêt vital pour le Tonkin.

La saison chaude amène toujours de grandes pluies; la mousson du Sud-Est a une tendance à s'engouffrer dans le Golfe du Tonkin et sème sur son passage des typhons accompagnés toujours d'abondantes averses. Par sa situation géographique, le Delta tonkinois doit subir à la fois cette avalanche, la crue naturelle des eaux pendant les mois de juin-juillet-août, en même temps que la fonte des neiges qui vient augmenter considérablement le débit des fleuves et rivières prenant leurs sources dans les massifs montagneux du Yunnam ou du Kouang-Tsi.

Le Fleuve Rouge, qui subit l'action des crues de ses affluents, charrie ainsi une masse d'eau énorme à travers le Delta. Son débit atteint 25.000 mètres cubes à Hanoi. Avant la formation de ses deux défluents, le Day et le Canal des Rapides, le débit maximum aurait même atteint 35.000 mètres cubes à Viétri à 62 kilomètres en amont de la Capitale.

Et toute cette masse d'eau coule suspendue pour ainsi dire au-dessus de la plaine située en contrebas, qu'une rupture des digues transforme instantanément en une immense cuvette dont l'étendue recouvre parfois des provinces entières.

Pour sauver Hanoi, on a aménagé en amont des « casiers » destinés à recevoir le surplus du débit du Fleuve Rouge, utilisant ainsi les réservoirs que le cours d'eau a formés lui-même en accumulant sur certains points des matières argileuses apportées par le courant.

Comme on le voit, les cataclysmes qui dévastent le Delta Tonkinois sont, tout comme ceux d'un autre genre qui désolent l'archipel du Japon, causés par des phénomènes naturels caractérisés, — scientifiquement démontrés,— dont la localisation est d'autre part fortement favorisée par une situation géographique essentiellement sujette aux déchaînements des éléments atmosphériques.

Mais les Tonkinois ont trouvé trop simple l'explication physique des événements qui, périodiquement, troublent profondément leurs Pays. Il leur fallait comme toujours l'intervention de puissances occultes ; il leur faut y voir l'effet de maléfices de mauvais génies. Je crois devoir insister sur ce fait qu'au Tonkin les superstitions sont soigneusement entretenues par des sorciers et toute une armée de marchands d'objets votifs qui sont intéressés à faire perpétuer les vieilles croyances populaires, lesquelles me semblent, pour ces raisons, indéracinables.

Voici la légende que les Paysans tonkinois se racontent depuis des siècles au sujet des inondations dont ils supportent périodiquement les ravages avec une admirable philosophie, légende qui mériterait une place dans les contes de Perrault. (1)

« Sous la Dynastie de Hông-Bàng il y avait une Reine qui mit au monde une centaine d'œufs dont sortirent cent princes, qui devinrent par la suite, les uns des Rois, les autres des génies.

Parvenus à l'âge d'homme, ils se séparèrent et l'un d'eux remonta le Sông-Côi (Fleuve Rouge) à la recherche d'un endroit où il pourrait établir sa domination.

Apercevant une haute montagne, dont le sommet couronné de nuages semblait toucher le Ciel, il décida de s'y installer. Cette montagne appelée le Mont Bavi (Ba vi : trois têtes ou trois personnes) est composée de trois sommets soudés dont le principal est arrondi en forme de dôme. On le nomme le Tân-Viên.

L'Empire d'Annam n'était pas encore à cette époque complètement organisé. Le pays était morcelé en autant de parties indépendantes qu'il existait de tribus assez puissantes pour faire respecter le terrain qu'elles occupaient.

A la tête de chaque tribu régnait un chef reconnu par ses concitoyens. C'était, le plus souvent, s'il faut en croire la légende, soit des génies envoyés des cieux pour gouverner les hommes, soit des êtres prédestinés à devenir génies, et qui ne passaient sur

---

(1) D'après E. Langlet (Revue Indochinoise : Mai 1913).

terre que ce qu'il faut d'années pour connaître les humains. C'étaient, en un mot, moins des hommes que des demis-dieux.

Un de ces roitelets avait une fille ravissante qui était sûrement la plus belle fille de la terre.

Son père lui avait donné le nom de Mi-Nuong (belle-princesse) c'est-à-dire la déesse à la grande beauté.

Un de ses voisins, le Roi de Ba-Thuc, l'avait demandé en mariage mais le père avait refusé. Il voulait disait-il, ne donner sa fille qu'à un génie puissant.

Lorsque son intention fut connue, deux génies se présentèrent : Thuy-Tiên, génie des eaux, et Son-Tiên, génie des montagnes. C'était ce dernier qui avait choisi comme siège de son pouvoir le mont Bavi cité plus haut.

Un prétendant, c'est fort bien ; deux c'est trop. Et Nan, — c'est le nom du père de la princesse, — se trouva fort embarassé. Ne sachant lequel choisir, il les pria de manifester leur puissance par quelques prodiges. Son-Tiên montra du doigt la montagne et elle s'écroula aussitôt en dévoilant les trésors minéraux cachés en son sein, puis il se plaça au milieu des rocs et la montagne se reforma sous lui, l'élevant vers le ciel à mesure qu'elle grandissait.

Thuy-Tiên, à son tour, fit sortir de sa bouche une grande quantité d'eau qui, se transformant immédiatement en nuages opaques, dissimula complètement son rival et son gigantesque piédestal.

Le Roi, toujours indécis, leur demanda d'offrir les présents de fiançailles, après quoi il déciderait.

Le jour fixé, Son-Tiên arriva de bon matin ; il apportait en grande quantité l'or, le jade, les gemmes précieuses de ses montagnes, et il était en outre suivi du cortège imposant des plus beaux animaux de ses forêts. Nan fut ébloui par les richesses que lui apportait Son-Tiên, et comme l'autre prétendant tardait à venir, il lui accorda sa fille.

Les nouveaux mariés, tout à leur bonheur, regagnèrent leur demeure au sein de la montagne.

Thuy-Tiên arriva le lendemain ; ainsi que son rival, il apporta tout ce que la nature avait placé de beau dans son royaume. La nacre, le corail, les perles rutilaient dans des barques légères remorqués par les dauphins qui accompagnaient le Génie. Mais, hélas, celui-ci arrivait trop tard. La belle à qui il destinait ces merveilles était partie avec son rival.

En apprenant cette nouvelle Thuy-Tiên entra dans une grande fureur. Il jura de la lui arracher ou de les exterminer tous les deux.

Mais pour les joindre il n'y avait pas une minute à perdre. Sans plus tarder il se lança à la poursuite des jeunes époux ; furieusement il se jeta contre la montagne qui les abritait. Mais seul que pouvait-il contre l'énorme masse que représentait le refuge de Son-Tiên ?

Après un assaut stérile, Thuy-Tiên, convaincu de son impuissance, chercha des renforts ; il s'allia alors avec les génies aux domaines errants. Le vent,

la foudre, la pluie, le froid, la nuit, jaloux eux-
mêmes de la Majesté du royaume de Son-Tiên, épou-
sèrent la cause de Thuy-Tiên et marchèrent contre
son ennemi.

Tout d'abord des nuages opaques et sombres sur-
girent de l'horizon ; ils empêchèrent les rayons du
Soleil de venir à l'aide de Son-Tiên et favorisèrent
les efforts des démons orageux en couvrant le pays
d'un immense et pesant manteau de ténèbres.

Puis dans une ruée farouche, typhons et ouragans
montèrent à l'assaut de la montagne ; ils la poussè-
rent, la secouèrent, l'ébranlèrent s'efforçant de la
faire crouler. Mille petits ruisseaux, nés de la trom-
be de pluie, coururent sur le flanc de la montagne,
emportant qui un caillou, qui un arbuste. Sous leurs
efforts des blocs se détachèrent et roulèrent vers le
pied de la vallée, vers Thuy-Tiên satisfait de voir la
montagne se désagréger.

La petite source elle-même, au gazouillis argen-
tin, d'habitude simplette et harmonieuse, se crut
obligée de s'associer à la fureur générale et prit
l'allure d'un torrent impétueux.

Déjà Thuy-Tiên a grossi le Fleuve ; perfidement il
avait miné la base de la montagne et, pensant la voir
s'effondrer, il prépara une énorme crue pour en submerger les débris. Bientôt le siège de la montagne
fut complet, une immense nappe d'eau l'isola du
reste du monde.

Une plainte lugubre huhula à travers la forêt. Elle

remplaça le concert joyeux des petits oiseaux qui avaient été emportés par la rafale.

Aucun être animé n'osa se montrer. Tous les animaux se refugièrent dans les grottes. Le tigre lui même qui, d'un souffle de colère fait taire et trembler les autres animaux, se tut à son tour et trembla au fond de sa tanière où des feuilles mortes tourbillonnaient.

Les habitants qui vivaient au pied de la montagne ont insulté l'ouragan et fermé la porte de leur demeure pour que le vent n'y entrât pas ; mais le vent emporta la maison, et ses habitants restèrent à la merci de l'orage.

Heureusement, Son-Tièn, le bon génie qu'on implore jamais en vain, veillait à leur protection. Il leur ouvrit aussitôt des grottes confortables où ils purent momentanément trouver un abri.

Cependant Son-Tièn a prévenu le Génie de la Terre des assauts qu'elle subissait, de la coalition qui cherchait à la détruire. Ce dernier appela alors à l'aide son puissant bienfaiteur, le Soleil, dont la présence suffira pour rétablir l'harmonie nécessaire à la vie terrestre.

Pendant plusieurs jours la lutte fut farouche, et le Soleil eut bien du mal à briser la ligue des éléments furieux qui voulaient l'empêcher de venir au secours de leur ennemi.

Enfin le Soleil triompha des esprits ténébreux, perça leurs lignes compactes, sépara leur sombre troupe, les chassa, les dispersa et, bientôt vainqueur, il précipita la déroute des éléments. A ce moment, il brilla de tout son éclat pendant qu'au loin les dernières nuées entraînées par le vent qui s'éloignait, disparurent à l'horizon.

Alors la Nature sembla renaître. Comme délivrée d'un long cauchemar elle s'éveilla joyeuse et se fit belle aussitôt. Pour orner davantage sa parure habituelle, elle couvrit de fleurs sa robe encore humide, et les fleurs reconnaissantes la parfumèrent de leurs senteurs pénétrantes.

Aussitôt mille petits oiseaux jaillis on ne sait d'où, adressèrent au Soleil leurs chants les plus vifs, les plus gais, pour célébrer la victoire grandiose et bienfaisante.

Néanmoins, si les éléments, impuissants se sont retirés, leur fureur est loin d'être apaisée. Elle s'est encore accrue de la rancœur d'une défaite, et depuis cette époque, chaque année, vers le septième ou huitième mois, ils reviennent à l'attaque de la montagne.

A ce moment, les villages installés aux pieds du Tan-Viên souffrent de cette lutte et quand sévit la tempête les indigènes disent : «Voilà encore les Génies qui se battent pour la femme ! »

*
* *

Il existe une autre version également gracieuse de l'intervention du Génie des Eaux dans les inondations du Tonkin. La Voici :

« Un jour un modeste bûcheron trouva un pauvre nouveau né perdu au milieu de l'immense forêt. Cet enfant portait sur la poitrine des traces qui ressemblaient aux griffades d'animaux.

Tout ému le bûcheron emporta chez lui le petit être et fut bien surpris de constater que les écorchures qu'il était en train de panser avaient la forme de deux caractères signifiant Ky Mang (Ky : merveilleux — Mang: sort, destin). Le bûcheron s'inclina et donna à l'enfant le nom de Ky-Mang.

Sa femme éleva la bambin comme on élève tous les enfants, et, plus tard comme aucun génie ne venait le réclamer, et qu'il ne manifestait aucune disposition surnaturelle, le bûcheron lui apprit son métier.

Un matin, Ki-Mang s'attaqua à un arbre énorme, dont le bois précieux au grain serré, devait lui rapporter une somme rondelette. Mais ce bois était si dur que lorsque le crépuscule tomba, l'arbre n'était pas encore abattu.

Le jeune homme rentra pour la nuit chez ses parents adoptifs et revint le lendemain pour la coupe de l'arbre. Quelle ne fut pas sa stupéfaction en s'apercevant que pendant son absence l'entaille s'était complètement refermée. Le jeune homme se remit à frapper avec ardeur mais ce soir-là encore, il dut interrompre son travail avant d'éprouver la joie de voir l'arbre chanceler et s'abattre.

Le jour suivant il revint de grand matin ; comme la veille son désappointement fut grand de constater

que l'arbre ne gardait même pas trace des coups
qu'on lui avait porté.

Ki-Mang appela son père et tous deux, avec rage
se mirent en devoir de jeter bas cet arbre réfractaire.

Toute la journée la sonorité profonde des sous bois
résonna des coups furieux que les deux bûcherons
portaient à l'arbre. Néanmoins, malgré leur ardeur,
ils ne purent terminer l'opération avant que le Soleil
n'eût envoyé ses rayons rouges et or simuler dans les
grands arbres l'incendie immense qui annonce le
crépuscule. Et navrés ils durent se retirer lorsque la
nuit vint leur interdire tout travail.

Le père rentra seul. Ki-Mang, ce soir-là, tenait
absolument à savoir à quelle influence mystérieuse
attribuer le phénomène de cette quasi-résurrection.
Armé d'un solide coupe-coupe, il se posta dans un
fourré voisin et surveilla son arbre.

Vers le milieu de la nuit une lueur pâlote éclaira
les basses branches et Ki-Mang en vit descendre une
très vieille femme, à l'air digne, aux longs cheveux
d'argent, qui se promenait autour du tronc en passant
une baguette sur la coupure, laquelle se refermait
aussitôt.

Le jeune homme furieux se précipita l'arme haute
vers l'apparition mais celle-ci lui dit d'une voix douce:
« Ki-Mang, je suis ta mère, la fée de la forêt. J'habite
au sommet de cet arbre, le plus grand parmi les plus
grands. Quand je me place sur la plus haute branche, ma vue embrasse l'immense forêt, mon regard

plonge en ses moindres coins et ma mission en est facilitée, car je suis chargée de protéger les animaux sans défense contre les attaques de leurs féroces ennemis.

Cet arbre devait te rapporter des profits appréciables dis-tu ? Epargne-le cependant, et prends en échange cette baguette qui te procurera le moyen de satisfaire tous tes désirs, toutes tes ambitions. Va, mon fils, et sois heureux ! »

Muni du talisman précieux, Ki-Mang revint chez ses parents adoptifs. Il leur apprit sa rencontre imprévue avec la fée et, pour ne pas s'exposer à lui déplaire de nouveau, il renonça désormais à retourner comme bûcheron dans la forêt.

A quelque temps de là, un jour qu'il se promenait au bord du fleuve il vit un serpent d'eau qu'un pêcheur venait de blesser et qui allait être achevé par des enfants accourus pour s'en emparer. Ki-Mang fit un geste de sa baguette magique et le serpent aussitôt guéri s'élança dans les flots.

Le lendemain, passant dans les environs de ce fleuve, un bruit de tamtams, de musique, attira son attention vers la rive où se pressait déjà une foule nombreuse. S'étant approché, Ki-Mang vit accoster un riche bateau et en descendre un beau jeune homme qui, chose curieuse, se dirigea aussitôt vers lui. Lorsqu'il ne fut plus qu'à quelques pas, le jeune homme s'inclina et d'un geste lui montra le bateau.

— Qui es-tu, ô toi qui m'appelle ? demanda Ki-Mang.

— Je suis, ô mon frère aîné, celui qui te doit la vie. Hier, sous la forme d'un serpent, j'allais remplir une mission qui m'était confiée. J'avais à remettre, en effet, un précieux « hôt ngoc » (hôt : grain ; ngoc : pierre précieuse) à un mandarin que je devais rencontrer près d'ici. Un banal accident me mit à la merci d'un groupe d'enfants féroces qui m'auraient mutilé si un geste de toi ne m'avait rendu mon énergie et par suite ma liberté.

« Pour te récompenser, mon père, le tout puissant Thuy-Tiên, m'envoie t'offrir les cadeaux merveilleux qu'il gardait jalousement au fond de son domaine. Accepte ces présents et son amitié, accepte aussi sa reconnaissance infinie, car je te promets qu'à mon tour je te sauverai si jamais les eaux te mettent en péril.

Ki-Mang remercia comme il convenait et demanda à être présenté au Génie Thuy-Tiên. Ayant pris place dans le bateau, il s'endormit soudain et ne se réveilla que dans la grotte qui servait de vestibule au Palais du Roi des eaux.

Etendu sur un lit de mousse dans une vaste coquille nacrée, Ki-Mang admirait le décor étrange de cette grotte. Dix mille variétés d'algues avaient contribué à son ornement ; d'aucunes, à la végétation luxuriante, grimpaient le long des stalagmites et couvraient le plafond de leurs feuilles immenses ; d'autres, fragiles comme des nuages, composaient le tissu arachnéen qui tapissait l'intérieur de ce logis fabuleux.

Le fils de Thuy-Tiên fit à son hôte les honneurs du palais, mais ce qui intrigua le plus Ki-Mang, ce fut, entre mille merveilles, un livre que les esprits marins venaient fréquemment consulter. S'étant informé il apprit que ce livre était un talisman qui permettait de réussir dans tous les cas qui lui étaient soumis. Avec un pareil conseiller, un mortel eût été sûr d'obtenir tout ce qu'il pouvait désirer.

Ayant été reçu par Thuy-Tiên, Ki-Mang se promena à travers le palais. Ses pas le ramenèrent près du livre magique, et, soudain la prédiction de sa mère lui revint à la mémoire. Ne lui avait-elle pas promis qu'il aurait un jour le moyen de se procurer tout ce qu'il pourrait lui faire envie?

Or, pour cela, il suffisait de posséder ce livre qu'il admirait. Le demander à Thuy-Tiên eût été peine perdue, car sûrement ce dieu ne consentirait à aucun prix à se défaire du précieux talisman. Il ne restait donc qu'un moyen pour se le procurer et Ki-Mang n'hésita pas. Profitant d'un moment où il était seul, il s'empara du livre magique et enfourchant aussitôt la tortue, il lui donna l'ordre de le ramener chez lui au plus vite possible.

Ki-Mang venait à pleine de sortir du palais lorsqu'on s'aperçut du larcin. Immédiatement Thuy-Tiên forma une énorme crue qu'il lança sur le ravisseur pour l'empêcher de fuir. Impétueuse l'eau se jeta sur ses traces et l'entoura bientôt, prête à l'engloutir ; mais la tortue se mit à nager et à s'élever à mesure que l'eau montait. Bientôt elle réussit à aborder au pied du mont Tan-Vien l'une des plus hautes montagnes du Pays.

L'eau se précipita pour submerger Ki-Mang. Celui-ci demanda alors au livre magique le moyen d'échapper à l'inondation et aussitôt Son-Tiên, le Génie de la montagne parut et l'aida à gravir le roc escarpé.

Le Dieu des eaux furieux de voir sa proie lui échapper, se rua contre Son-Tiên qui entrouvrit la montagne et mit à l'abri Ki-Mang et son fétiche. Thuy-Tiên fit alors tout son possible pour renverser la montagne afin de reprendre son livre, mais sa rage fut impuissante et chaque année il revient à la charge espérant cette fois être plus heureux.

Jusqu'à présent ses efforts sont restés vains. Son-Tiên a recouvert son domaine d'un immense tapis de forêt, et c'est à peine si la montagne ressent le choc des éléments.

Tous les ans quand vient l'automne, la tourmente de pluie, de vent fait gémir ou mugir la forêt dont les cimes affolées se courbent, se tordent, s'enchevêtrent puis se redressent dans une révolte furibonde. Toutefois Thuy-Tiên se donne beaucoup de mal pour un bien maigre résultat, car il n'emporte comme butin que des pétales de fleurs avec quelques plumes d'oiselets.

La légende raconte encore qu'au temps jadis, Thuy-Tiên lançait des haches, des coupe-coupe de pierre ou de bronze pour couper, morceler, mettre en miettes la montagne maudite. Aussi, au cours des orages, était-il très imprudent de s'aventurer hors des lieux couverts. Parfois des gens étaient tués par

.ces projectiles, mais, par contre, ceux qui en trouvaient les ramassaient avec soin car ils constituaient .de précieux talismans contre la foudre.

Peu à peu, cependant, la colère de Thuy-Tiên s'est .apaisée. S'il gonfle encore les fleuves, les inondations ne montent plus à l'assaut des montagnes, et s'il lance encore typhons et ouragans, il ne jette plus de haches de pierre. Aussi leur extrême rareté fait qu'on n'en trouve presque plus.

Actuellement même, des profanes venus d'Occident, gens incrédules qui sourient à l'évocation des faits légendaires et merveilleux, osent attribuer leur présence à des vestiges des temps anciens où les hommes paraît-il, se servaient d'outils de ce genre ! ».

*
* *

L'Histoire d'Annam relate à différentes époques, les luttes que les habitants ont dû soutenir depuis les temps les plus reculés, contre les inondations qui constituent un des fléaux menaçant d'une manière permanente le Delta Tonkinois.

Les grandes digues qui y ont été construites pour protéger le plat pays contre l'irruption violente des eaux, rappellent les travaux semblables faits par les autres peuples se trouvant dans une situation identique ; les Hollandais sur les bord du Rhin ; les Français sur la Basse-Loire ; les Italiens dans la plaine du Pô ; les Américains sur les rives du Mississipi, etc...

Mais toutes les digues du Tonkin ont été construites à main d'hommes ; la terre extraite d'un point déterminé était apportée sur la ligne à endiguer par des femmes, dans de petits paniers en bambous, pendant que des ouvriers travaillant sous les ordres de contre maîtres tassaient méthodiquement les mottes d'argile suivant des dimensions prescrites par ordonnances royales.

Le travail était mené très rapidement par toute une fourmillère humaine, au milieu de chants et de rires.

Les madarins provinciaux surveillaient eux-mêmes la construction de ces digues dont ils répondaient sur leur charge, car la Loi annamite ne badinait pas lorsque l'intérêt public était en jeu.

C'est ainsi que l'habitant convaincu d'avoir par sa faute, coupé une digue était *puni de mort* ; le mandarin ayant construit une digue était révoqué de ses fonctions si pendant les trois ans qui suivaient l'achèvement des travaux, cette digue venait à se rompre. Par contre, le mandarin dont les travaux étaient reconnus bons après trois années d'épreuve, était comblé de faveurs ou recevait un avancement.

L'Administration française qui s'est substituée au Gouvernement annamite a elle aussi, porté toute son attention sur la nécessité de combattre par tous les moyens les inondations produites par la crue des Fleuves du Tonkin et particulièrement par celle du Fleuve Rouge.

Elle a substitué aux moyens trop primitifs des indigènes des méthodes plus scientifiques et des procédés techniques puissants. Elle ne s'est pas contentée d'endiguer le Song-Coi ; elle a travaillé à faire déverser son trop plein dans des réservoirs aménagés à cet effet, qui alimentent, au moyen d'écluses perfectionnées, de vastes étendues cultivées. Elle espère ainsi atteindre un double résultat : prévenir les inondations et utiliser pour les irrigations le surplus du débit du Fleuve Rouge pendant la saison critique.

C'est, dans cet esprit, que des travaux importants d'intérêt économique ont tranformé la Région de Vinh-Yèn en un immense chantier.

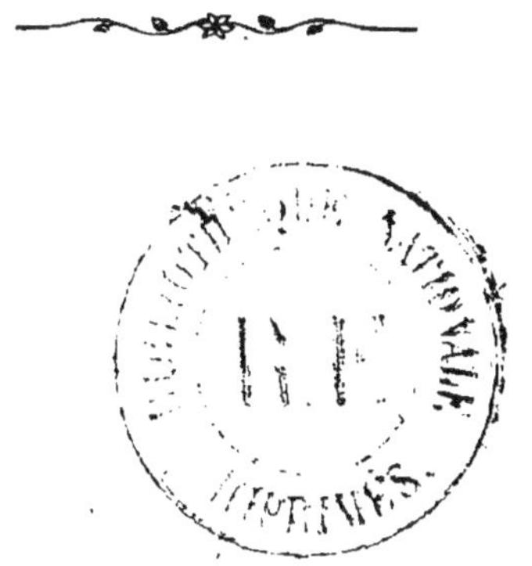

XII
L'Œuvre française au Tonkin

Avant de conduire mes lecteurs dans la Ville Indigène si curieuse et si intéressante à plus d'un titre, je crois devoir consacrer un chapitre spécial à l'Œuvre française au Tonkin. Je veux, en attirant l'attention de mes compatriotes sur les travaux d'utilité publique qui y ont été exécutés par le Gouvernement protecteur, rendre hommage au Génie français qui a su, dans un laps de temps relativement court, — puisque la Pacification du Tonkin ne remonte que vers 1884, — donner à la Partie Nord de l'Indochine son aspect moderne, et développer en même temps, d'une manière intensive, la vie économique du Pays.

En dépit des assertions malveillantes, ou en tout cas empreintes d'un parti pris trop évident, de ses détracteurs systématiques, le Gouvernement français a, en effet, réalisé au Tonkin des œuvres d'intérêt économique et d'intérêt social d'une puissance incontestable qui forcent l'admiration.

D'aucuns prétendent que la Cochinchine «vache à lait», a été sacrifiée à l'embellissement du Tonkin.

Il ne m'appartient pas d'aborder ici une dissertation sur ce sujet qui dépasse le cadre que je me suis tracé ; je puis néanmois attester que la France n'a rien négligé pour améliorer la situation morale et matérielle de la population tonkinoise. Et si les peuplades qui vivent dans les massifs monta gneux du

Nord et de l'Ouest, aux confins du Laos et de la Frontière chinoise, — région d'une pénétration difficile, — n'ont pas encore goûté comme les habitants du Delta, les bienfaits de la Civilisation occidentale, la plupart d'entre eux ont bénéficié des avantages immédiats tels que les chemins de fer et les nombreuses routes carrossables qui ont remplacé un peu partout les sentiers à chèvres d'autrefois infestés de fauves et de serpents.

Dans les chapitres précédents, j'ai fait la description du Port d'Haiphong appelé par son importance à prendre une des premières places en Extrême-Orient ; j'ai cité les usines et manufactures, les beaux monuments et les jolies bâtisses qui ont surgi de terre à la place des cases et des marais de l'ancien centre annamite pauvre et inconnu ; j'ai énuméré les principaux établissements industriels de Hanoi-la-Capitale ; j'ai parlé, tout à l'heure encore, des immenses travaux d'irrigations au Vinh-Yen dont toute la presse tonkinoise a fait l'apologie, et qui vont bientôt permettre à l'agriculture assez pauvre du Tonkin de prospérer.

Je n'y reviendrai donc pas.

Je ne citerai que pour « mémoire » les travaux similaires en cours d'exécution au Song Câu et qui intéresseront environ 34.000 hectares de rizières.

En fait de travaux d'intérêt économique, je ne parlerai donc, — succintement, — que du réseau routier et du réseau ferroviaire.

Le réseau routier du Tonkin a une longueur de

8.085 kilomètres dont 2.735 entièrement empicrrés et 5.350 non empierrés mais praticables tout au moins en saison sèche (1).

Il forme une véritable toile d'araignée s'étendant sur tout le pays, se ramifiant aux routes de l'Annam et de la Chine, se rattachant aux sentiers laoliens.

En ce qui concerne le réseau ferroviaire, il atteint un développement de 1,366 kilomètres 400, dont 902 kilomètres 200, en territoire annamite, et 464 kilomètres 200 en territoire chinois. Ce réseau est formé par les quatre lignes ci-après :

1° De Haiphong à Hanoi 101k.800

2° De Hanoi à Yunnanfou en trois tronçons :

a) De Hanoi à Lao-Kay.... 296 k.

b) De Hokeou (Ville chinoise frontière en face de Lao-Kay) à Amitchéou 220 k.5

c) De Amitchéou à Yunnanfou. 243 k.7

760k.200

3° De Hanoi à Nacham près de la frontière du Kouang-Tsi............... 179k.300

4° De Hanoi à Ben-Thuy (premier tronçon du transindochinois)......... 325k.100

Nous sommes donc bien loin, comme on peut le constater de notre petite ligne de Saigon-Mytho avec ses 70 kilomètres ?

Les lignes du Kouang-Tsi et du Yunnan qui traversent des pays très montagneux et très accidentés

(1) Statistiques de 1923.

comportent des travaux d'art remarquables : tranchées, tunnels, vuaducs, ponts suspendus, ponts en arbalétriers, etc... dont plusieurs milliers sur la seule ligne de Hanoi à Yunnanfou.

Au point de vue social, l'Œuvre française a été également considérable.

L'Assistance médicale a étendu ses rameaux bienfaisants jusqu'aux contrées les plus excentriques. En dehors des hôpitaux ou des ambulances militaires établis sur les nombreux points où se tiennent les troupes, l'Administration civile a créé des formations sanitaires dans tous les centres d'une certaine importance.

L'Hôpital indigène du Protectorat qui occupe l'immense quadrilatère formé par les rues Richaud, Borgnis-Desbordes, Julien Blanc, et la rue du Coton, et qui va s'agrandir encore des bâtiments du Carmel dont l'acquisition est imminente, atteste d'une manière des plus éloquentes, la sollicitude de la France pour ses protégés.

Mais c'est surtout l'organisation du Service de l'Instruction publique qui doit frapper le nouvel arrivant.

C'est, en effet, au Tonkin que s'est concentré le gros effort du

Hanoi : Le Lycée Albert Sarraut

Gouvernement dans sa noble Mission éducatrice.

Bien qu'il fût venu un quart de siècle après la Cochinchine s'abriter sous l'aile protectrice de la France, le Tonkin a vu ses écoles se développer avec une rapidité prodigieuse, son service d'Enseignement prendre une extension remarquable au point d'égaler celui de la Colonie du Sud, son Université naître et si bien grandir qu'elle étonne même ses créateurs.

A l'heure actuelle, toute l'Echelle de l'Instruction publique fonctionne au Tonkin avec une fiévreuse activité. Dans les écoles communales, dans les écoles élémentaires, primaires, complémentaires, primaires supérieures, comme dans les écoles normales ou professionnelles, comme au Lycée « Albert Sarraut » ou à l'Université, fourmille tout un monde d'enfants ou de jeunes gens avides de savoir, avides de s'instruire, soucieux de se faire un avenir.

L'Université Indochinoise créée par M. Albert Sarraut fut presque entièrement organisée par M. le Docteur Cognacq, notre actuel Gouverneur de la Cochinchine,

Hanoi : l'Université

alors Directeur Général de l'Instruction Publique.

Constater l'Œuvre de cet homme de bien, c'est en faire l'apologie.

En effet, en dehors de l'Ecole de Médecine créée il y a quelque vingt ans, sous la Direction de M. le Docteur Yersin, les diverses branches de l'Enseignement supérieur dont l'ensemble constitue Notre Université sont nées et ont prospéré sous les auspices de M. le Docteur Cognacq que tout le monde s'accorde à reconnaître comme l'animateur du Service de l'Instruction publique en Indochine.

Nous avons actuellement à Hanoi :

L'Ecole de Médecine dont il est question ci-dessus, et à laquelle il a été annexé une section de pharmacie.

Une Ecole de Droit et d'Administration.

Une Ecole Vétérinaire.

Une Ecole Supérieure de Pédagogie.

Une Ecole Supérieure d'Agriculture et de Sylviculture.

Une Ecole des Travaux Publics.

Une Ecole de Commerce.

Une Ecole de Sciences appliquées (Cours supérieur des Travaux Publics).

L'organisation de Notre Ecole de Médecine a été poussée jusqu'au point de permettre à ses élèves, candidats au Doctorat, de passer simplement en France leurs examens de la 5e Année et leur Thèse.

Hanoi : L'Ecole de Médecine

Des Laboratoires des plus modernes d'Histologie, d'Anatomie Pathologique, de Physiologie, de Zoologie de Botanique, y ont été installés. Un institut Ophtalmologique avec des instruments de précision a été fondé afin de permettre à nos jeunes médecins de perfectionner leurs études tout en rendant des services très appréciables à la population.

L'Ecole de Droit et d'Administration forme depuis quelques années des Commis indigènes qui sont appelés à remplacer plus tard les Huyên et les Phu dont le Corps supprimé disparaîtra par extinction.

Les autres Ecoles ont également fait leurs preuves : Dans leurs cadres respectifs elles produisent d'excellents sujets qui remplaceront dans un avenir peu éloigné, les fonctionnaires subalternes européens.

A l'Université d'Hanoi : L'Amphithéâtre

En ce qui concerne l'Enseignement secondaire, le Lycée « Albert Sarraut » ne cède en rien aux grands établissements similaires de la Métropole tant au point de vue des cours professés qu'à celui de l'hygiène et du confort.

On y remarque le Laboratoire de Chimie, la Salle des Manipulations, les Salles de Physique qui sont dotées avec une richesse exceptionnelle des instruments, des appareils et des modèles les plus récents.

En présence de l'énergique impulsion donnée par l'Administration au Service de l'Instruction publique, des Initiatives privées se sont révélées, aussi, dans presque toutes les rues de la Ville indigène, des Écoles libres naissent tous les jours et sont presque aussitôt encombrées de petits enfants.

Le spectacle de toute cette jeunesse studieuse qui se presse dans les divers établissements scolaires officiels et privés atteste les progrès réalisés et permet d'augurer le plus bel avenir pour l'Œuvre éducatrice de la France en Indochine.

*
* *

En marge des établissements scolaires, d'excellentes institutions ont été fondées à l'intention de la Jeunesse Annamite par des Groupements philanthropiques ou par des personnalités bien connues pour leurs sentiments annamitophiles. Je veux parler du Foyer des Etudiants annamites, de l'Ecole d'Education physique, de la Société d'Enseignement Mutuel, et de l' « A. F. I. M. A. » (Association pour la Formation Intellectuelle et morale des Annamites) qui est en quelque sorte le modèle des Cercles Franco-Annamites.

Le Foyer des Etudiants Annamites a été créé par M. le Capitaine Monet. Dans cette maison, sise rue

Vong Duc, les jeunes gens, à quelque école qu'ils appartiennent, trouvent les jours de congé, un foyer où ils peuvent se récréer en commun et à leur aise. Un restaurant y est installé dont les tarifs sont des plus réduits : des chambres y sont aménagées pour les Etudiants externes qui désireraient y prendre leur pension ; une bibliothèque dont M. Monet a veillé lui-même à la composition, permet aux jeunes gens de se distraire sainement tout en s'instruisant.

Périodiquement des conférences y sont faites, soit par M. Monet, soit par des personnalités qualifiées, soit par certains de nos étudiants eux-mêmes. Ces conférences sont toujours suivies avec le plus grand intérêt. Parfois des démonstrations scientifiques y sont données qui excitent vivement la curiosité du jeune auditoire. Mais, toujours, des leçons de choses y sont professées les jours de réunion, dans le but d'entretenir chez nos compatriotes la morale traditionnelle telle qu'elle découle des excellents préceptes de Confucius.

Dans une lettre autographe, S M. Khai-Dinh s'exprime d'ailleurs à M. Paul Monet en ces termes :

« ... Nous pouvons remarquer deux choses essen-
« tielles chez nos jeunes Etudiants d'aujourd'hui ; la
« première, excellente, c'est le développement de leur
« instruction. Ceci nous donne le meilleur espoir.
« Mais la deuxième, c'est leur désaffection croissante
« de notre morale traditionnelle qui se traduit par
« une mauvaise conduite. De cela nous devons nous

« préoccuper dès maintenant avant qu'il soit trop tard
« pour y remédier ».

Et S. M. l'Empereur d'Annam a envoyé, par la
même occasion, une souscription personnelle de
mille piastres à l'Œuvre de M. Monet qui doit contri-
buer à « assurer le développement moral de la Jeunesse Annamite tout en veillant au maintien de nos
plus belles traditions nationales ».

Il me paraît inutile de vous entretenir de l'Ecole
d'Education Physique et de la Société d'Enseignement mutuel dont les moyens d'action sont si diffé-
rents mais qui concourent toutes deux vers le même
but, soit l'amélioration de la race annamite tant au
point de vue physique qu'au point de vue intellectuel.

Par contre je vais vous parler un peu plus longuement de l' " A. F. I. M. A. ».

Cette institution, créée par un groupe franco-annamite, a son siège dans un très beau local de style
annamite francisé, construit au bord du gracieux
Petit Lac. C'est un bâtiment affectant la forme d'un
V dont l'angle aurait été légèrement tronqué. Il occupe
l'intersection de la Rue Jules Ferry et de l'Avenue
Beauchamps.

On y entre par un vaste perron que surmonte un
grand drapeau jaune (couleur de l'Annam) écus-
sonné de couleurs françaises, symbole du Protectorat.

Un vaste salon agrémenté de plantes vertes et de
fleurs, et garni de meubles de style français avec
sculptures aux motifs annamites, accueille le visiteur

qui est ensuite introduit dans l'aile de droite où se trouvent la salle de billard et des jeux et la salle du Restaurant dans laquelle on remarque des nappes immaculées, de la brillante argenterie, de la verrerie de cristal et un service irréprochable.

Dans l'aile de gauche ont été installées la Salle de lecture et la Bibliothèque.

Notre arrivée à Hanoi ayant coïncidé avec l'Inauguration de ce Cercle par le Maréchal Joffre, nous nous sommes fait le plus grand plaisir de nous rendre à l'invitation qui nous avait été adressée par le Comité.

Les bords du Petit Lac illuminés en l'honneur du Vainqueur de la Marne sont noirs de monde. Nous y arrivons par le Square Paul Bert où règne une animation extraordinaire.

Français, Annamites, Chinois, Fonctionnaires, commerçants, ouvriers, étudiants, rentiers, belles dames vêtues de grands manteaux garnis de fourrures, congaïes au cou orné de grains d'or et aux cheveux enroulés en turban, ba-gia empaquetées dans des guenilles et grelottant sous le vent froid de l'hiver, tous se bousculent dans les étroites allées qui serpentent entre les parterres fleuris du square circulaire. Dans les rues environnantes, les pousses-pousses, innombrables, s'accrochent toutes les minutes et se disputent, couvrant de leurs vociférations jetées à plein gosier les marches ou pas redoublés exécutés par la Fanfare militaire, les sons harmonieux de l'Orchestre de la Société Philharmonique où la réception du Maréchal vient de commencer, et même les éclats de bombes et les crépitements des feux d'artifices qui embrasent la Pagode de Jade au milieu de joyeuses exclamations.

Des ampoules électriques savamment disposées dans les branches des arbres encadrant le Lac, forment un véritable collier de diamant dont les reflets se répercutent dans l'eau où dansent les silhouettes des monuments illuminés.

Sur la nappe d'eau que ride légèrement une brise très fraîche, glissent de minuscules gondoles décorées de verdure et de lanternes vénitiennes pendant que de nombreuses fusées partant de la Pagode du Pinceau zèbrent le Ciel de traînées de feu piquées d'étoiles multicolores.

Soudain, de plusieurs points à la fois, des feux de Bengale embrasent tout ce féérique tableau de lueurs rouges, vertes, mauves, violettes... tandis que de la Rue Paul Bert, venant du Théâtre, débouche une interminable Retraite aux Flambeaux aux accents gais et entraînants de la « Madelon » joués par la Musique des Tirailleurs Tonkinois.

Emerveillés, nous nous arrêtons un moment pour contempler ce joli spectacle si vivant, si animé, si pittoresque.

Mais Loulou qui ne peut jamais rester en place, nous rappelle notre rendez-vous à l'A. F. I. M. A.

— Tenez, voyez le Maréchal qui sort de la Philharmonique pour se diriger en auto vers le Cercle franco-annamite qu'il doit inaugurer à l'instant. Nous allons manquer les discours et la coupe de champagne.

— Les discours! je m'en passe, dit en riant Nestor. Pour ce qui est du Champagne c'est différent. J'ai besoin de me fouetter le sang. Avec ce froid !

— Mais nous n'aurons jamais le temps d'y arriver avant le Grand-Père. Tenez le voilà qui descend de voiture.

L' « A. F. I. M. A. » brillamment illuminée découpe sa blanche silhouette sur le ciel noir juste en face du square Paul Bert où nous nous trouvons. A nos oreilles parviennent distinctement les accents de la « Marseillaise ». Mais pour y parvenir ce n'est pas chose facile : nous devons longer la moitié du Lac en bousculant et en nous faisant bousculer, car la fourmillère, de plus en plus dense, se rue maintenant vers le Cercle dont un cordon de police défend avec beaucoup de peine les abords.

— Nous y arriverons certainement pour ramasser des bouts de cigares dit Loulou. J'y renonce. Le spectacle est ravissant dehors. Pourquoi aller nous étouffer au milieu des « officiels » pour entendre des phrases creuses ?

— Continuons donc notre promenade, réplique Nestor, et quand nous aurons terminé le tour du Lac, nous irons au Coq d'Or prendre une bouteille de champagne.

Chemin faisant, Loulou nous explique les raisons qui ont amené un groupe franco-annamite à fonder l' « A. F. I. M. A. ».

— Au Tonkin, dit-il, les éléments français et annamites ne se mélangent pas comme à Saigon. Est-ce à cause de la timidité des indigènes ? Est-ce en raison du mépris que professent les Blancs à l'égard des Tonkinois ? Je ne sais. Je pense qu'il y a un peu des deux.

— Je constate, en effet, que c'est excessivement rare de voir un Annamite s'attabler dans un café, dîner dans un restaurant français ou se rendre à un endroit fréquenté des Européens.

René surenchérit :.

— A la Cathédrale même où, en présence de l'Etre Suprême devant qui tous les mortels sont égaux, il doit être fait abstraction de toute question de race le Curé n'admet pas les Annamites à la Messe de 8 heures 30 appelée pour cette raison Lễ-Tây (Messe française).

— Incroyable fait Baby ! A Saigon, on ne fait aucune distinction à l'église, entre les chrétiens quelque soit la couleur de leur épiderme.

— C'est malheureusement comme ça au Tonkin.

— En s'évitant, en se fuyant, pourrais-je dire, Français et Annamites ne fraterniseront jamais ! Ils ne pourront pas apprendre à se connaître et à s'estimer, et vivront dans une éternelle méfiance les uns des autres.

—Fuir les Blans est devenu une habitude au Tonkin que les indigènes ne s'expliquent pas eux-mêmes. Dans les tramways, les indigènes évitent de prendre les billets de 1ère classe pour ne pas rencontrer des Français. Et, cependant, en Cochinchine, les Blancs qui nous fréquentent ne nous mangent pas que diable!

— Et c'est précisément pour faire perdre cette fâcheuse habitude qu'un groupe de Français annamitophiles secondés par nos plus éminents fonctionnaires indigènes, tels que Leurs Excellences les Tông-Dôc-Hoang-trong-Phu, Tran-van-Thong et Lê-van–Ngoc, ont pris l'initiative de créer le Cercle franco-annamite que l'on inaugure aujourd'hui. C'est pour rapprocher les deux races qui, jusqu'ici, ne se connaissent pas assez, bien que vivant sur le même sol depuis 40 ans !

— Dans ce Cercle désormais, à côté des Français les plus illustres — car nous lisons au Tableau des Fondateurs les noms des hauts fonctionnaires du Gouvernement, — les Annamites instruits pourront se réunir, se distraire, prendre leurs apéritifs ou leurs repas sans plus se gêner. C'est l'éducation mondaine qui sera ainsi donnée, petit à petit et sans qu'ils s'en aperçoivent, à nos compatriotes du Nord qui s'effarouchent encore trop facilement.

Mais, tout en bavardant, nous sommes rendus devant l' « A. F. I M. A. ». Nestor qui tient décidément à sa coupe de champagne, s'avance déjà vers le perron et parlemente, avec un agent de police, couleur de jaïs, pour passer, lorsqu'éclate de nouveau la

« Marseillaise » impeccablement exécutée par la Fanfare indigène de Hadong, et nous pouvons voir le Père Joffre et M. le Gouverneur Général Maurice Long sortir du Cercle accompagnés jusqu'à leur auto par un cortège important de fonctionnaires chamarrés de galons et de décorations.

— Flambé ton champagne à l'œil ! Allons au Coq d'Or. C'est moi qui paie.

Et Loulou, toujours prompt à une décision, nous entraîne vers la Rue Paul Bert, fendant la foule compacte pour nous faire un passage.

XIII

La ville Indigène. — Son aspect. —
Rue de la soie

Il fait un temps superbe ce matin. Malgré le froid qui nous oblige à conserver nos effets de drap, un beau soleil illumine un ciel clair qu'estompent légèrement des flocons de nuages blancs.

Dans la Rue Jules Ferry, située sous nos pieds, fourmille le noir défilé des gens affairés vers les Rues du Coton et de la Soie, principales artères commerçantes de la Ville Indigène.

Loulou frappe à ma porte tandis que j'achève de m'habiller.

— Je viens te prendre pour la visite du quartier annamite. C'est très intéressant, surtout ce matin où la tiédeur de la température va permettre à nos braves Tonkinois d'exhiber leurs loques et de faire la chasse aux parasites.

Ces paroles de Loulou font revenir à ma mémoire les propos de mon ami G... que je suis venu remplacer au Gouvernement Général, et qui, en me passant le service, m'avait dit, entre autres choses, de... me méfier des certains insectes nauséabonds !

— Il y en a tellement, me disait-il, que les indigènes, pour s'en débarasser, font quelquefois écraser leurs vêtements sous les rouleaux compresseurs !

Evidemment G... exagérait. Mais Loulou m'affirme qu'il n'était pas loin de la vérité.

Nous descendons vers la Place De Négrier au bord
du petit Lac.

Les Tramways électriques venant de Bach-Mai, du
Village du Papier et de Hadong croisent à cet endroit
où, malgré l'heure matinale, une foule très dense
s'agite, s'interpelle et criaille à qui mieux mieux.

— Remontons la Rue de la Soie, nous conseille
Loulou qui prend les devants, et tâchez de ne pas
vous laisser écraser les pieds.

Nous nous engageons sur un tout petit trottoir
large à peine d'un mètre cinquante qui longe, de
chaque côté, la rue la plus vivante de la Capitale.

Revoyez, Chers lecteurs, par la pensée, la Rue des
Marins, la Rue de Canton et la Rue de Paris de notre
bonne Ville de Cholon ; imaginez-vous le brouhaha
de la population grouillante qui y circule continuellement, le tintamarre qui vous y assourdit, la cohue
des pousse pousse qui s'y disputent un passage dans
la chaussée trop étroite ; et ajoutez-y, au milieu de
la voie, un tramway électrique avec son grincement
et son bruit de ferraille et vous vous ferez une idée
assez exacte de la Rue de la Soie d'Hanoi.

L'alignement y est inconnu comme d'ailleurs dans
les autres rues du quartier indigène. Autant de compartiments, autant de maisons dont les façades
tantôt s'avancent vers la chaussée, réduisant à néant
la mince bande dallée qui sert de trottoir aux pauvres piétons trop nombreux ; tantôt se reculant de
plusieurs mètres en arrière laissant sans emploi une

courette dans laquelle s'accumulent toutes sorte de débris; autant de toits chevauchant les uns sur les autres, séparés par des pans de mur de pignon qui affectent presque toujours la forme d'escaliers courant sur les faîtes.

Telle que nous la voyons de la Place De Négrier la rue de la Soie présente l'aspect d'un long « boyau » aux parois duquel des enseignes multicolores se balancent au vent, représentant des animaux et des objets aux aspects les plus divers et les plus imprévus : des cerfs, des buffles, des lions, des éléphants, des poissons, des aigles, des dragons, des soleils, des fleurs. des étoiles, des horloges, des lunettes, des pêches, des poires, etc... etc...

Hanoï : Place De Negrier et Rue de la Soie

Intercalées entre ces enseignes, claquent, à la forte brise venant du Lac, — tel un pavoisement qui donne à cette rue un air perpétuel de fête, — des banderolles rouges, jaunes, bleues, blanches, vertes ou orangées aux bordures échancrées ou aux franges garnies de perles multicolores, portant, en gros caractères chinois, la devise des Maisons qu'elles concernent ou leur Raison Sociale.

Ces enseignes ont parfois une saveur archaïque une redondance naïve qui forcent le sourire aux personnes quelque peu initiées à l'écriture idéologique sino-annamite.

J'emprunte au fin lettré, qu'est M. le Lieutenant Colonel Bonifacy la traduction de quelques unes de ces oriflammes. Mes lecteurs peuvent en juger :

Devant les merceries on peut lire : Palais de Cinabre. — Forêt de Chrysanthèmes. — Renaissance du Peuple. — Gains du Midi. — Heureuse Plénitu de Les Vertus réunies. — Vertueux profits (?)— Richesse paisible. — Source des bonheurs...

Devant des cordonneries : Précieuse soumission. — Heureuse marche...

Devant des salons de coiffure : Abondance des profits...

Devant une école libre : Ecole de la Voix d'Or.

Devant l'étalage des marchands de sucreries : Parfums d'heureux présage. — Pavillon des trois origines — Prospérité renaissante. — Paix protégée. — Forêt de Cinnamones — Heureuse beauté. — Parfum des Chrysanthèmes. — Parfum des Orchidées. — Pavillon de « Mai » (nom annamite des fleurs appelées scientifiquement oléas fragans) — Cabinet des Orchidées.

Devant des Pharmacies : Les tiges de Jade.— Palais de la Longévité humaine.,.

Devant des boutiques des marchands de toile : Grands profits, — Au Cerf jaune. — Honorables

profits. — Dix mille perfections. — Plénitude Victo-
rieuse. — Source des bonheurs.

Devant l'atelier des Tailleurs : Gracieux lac. —
Heureux présage de l'Est...

Devant des bijouteries, Horlogeries : Choses précieuses du Midi. — Renaissance du Midi (on devrait
traduire par Réveil du Midi mais cela fournirait l'occasion d'un mauvais calembourg) (1).

Ainsi que son nom l'indique, l'Avenue dans laquelle
nous venons de nous engager groupe tous les commerçants en soieries et tissus divers.

En dehors de quelques échoppes de mercerie où
l'on vend principalement de la camelotte japonaise.
et de la verroterie, presque tous les magasins qui,
de chaque côté, s'ouvrent dans cette rue, et auxquels
sont presque toujours annexés des ateliers de couture, tiennent, en effet, des articles d'habillement.

Les deux petits trottoirs tortueux qui courent le
long des façades sont noirs de monde. Acheteurs et
curieux se pressent devant des étalages où rutilent
le brocart aux rocaces d'argent destiné à la confec-
tion de tuniques de mandarins, le satin broché aux
branches fleuries devant servir à habiller les épouses
de grands seigneurs ; la soie aux nuances variées
dont les jeunes « cô-tày » (femmes d'européens) ai-
ment à se vêtir, le velours sombre dans lequel sont
taillées les robes des vieilles dames de l'aristocratie
tonkinoise...

Dans une vitrine voisine, sont exposés les lainages

---

(1) De « l'Avenir du Tonkin ».

la gabardine, l'alpaga, les cachemires, le crépon de Chine, le tussor et même le modeste calicot et la grosse toile teinte au « cu-nâu » dont les gens du peuple couvrent leurs pauvres corps rugueux.

Nous constatons avec plaisir que tous ces magasins, sont tenus par des indigènes, à l'exception de deux boutiques de marchands d'étoffes placées à l'entrée de la rue, — les deux seules d'ailleurs de toute la ville, — et qui appartiennent à des indiens musulmans appelés au Tonkin des « Français noirs » (Tây Ðen).

*
* *

Nous marchons depuis un quart d'heure jouant des coudes et des poings pour ne pas être poussés dans la chaussée par une foule inconsciemment inconvenante, lorsque l'aspect de la rue nous semble avoir changé.

A la place des jeunes filles annamites faisant infatigablement l'article sur le seuil de leurs boutiques, nous voyons maintenant des Chinois ventrus, le crâne couturé de cicatrices, la longue pipe au bec, discuter encriant pour ne pas en perdre l'habitude, — car les Chinois ne peuvent rien faire sans hurler, — avec quelques rares acheteurs qui viennent leur marchander un bibelot de Hongkong ou un Vase de Pékin.

Instinctivement je lève mes yeux sur la plaque portant le nom de la rue et je lis : « Rue des Cantonnais ». Surpris je me retourne pour jeter un coup d'œil en arrière pensant que nous avons, sans y faire attention, abandonné la rue de la Soie pour emprunter une autre voie, mais je remarque que la Place Négrier est toujours au bout de notre « boyau ». Le doute n'est d'ailleurs pas possible puisque j'aperçois encore, souriante, à quelques mètres de nous, une congaïe que nous venons de quitter à l'instant et à qui, Loulou, toujours aimable avec le beau sexe, a acheté, sans trop comprendre pourquoi, une douzaine des mouchoirs.

J'interroge mon ami :

— Dis, Loulou, pourquoi cette plaque porte-t-elle Rue des Cantonnais ?

— Mais c'est tout simplement parce que nous sommes dans la Rue des Cantonnais.

— Tu me réponds comme M. de la Palisse. Mais c'est toujours dans la même rue que nous trottons depuis 20 minutes !

— C'est exact. Les rues, à Hanoi, s'appellent comme elles sont. Je m'exprime mal : je voulais dire qu'elles portent le nom des industries qui s'y sont groupées ou bien le nom du genre de commerce qui s'y pratique.

— Alors la Rue de la Soie se termine à cet endroit ?

— Oui. C'est comme la Rue des Cantonnais, elle se terminera là bas à son croisement avec la rue des Voiles, c'est-à-dire, à 100 mètres d'ici, parce que le commerce chinois s'arrête là.

— Certaines rues peuvent donc changer plusieurs fois de nom ?

— Ne dis pas certaines rues, dis donc toutes les rues. A Hanoi, vois-tu, dans la ville indigène, le nom de la rue importe peu. Il suffit que tu saches ce qu'on vend dans la rue où tu désires te rendre : tu n'auras plus qu'à dire au pousse-pousse de te conduire à l'endroit où l'on débite cette marchandise.

— Et le plan de la ville ? A quoi sert-il ?

— Ne te fie pas au plan qui t'embrouille plus qu'il ne te guide. Tu l'étudie mieux en trottant à pied pendant plusieurs jours et en t'égarant deux ou trois fois, qu'en le consultant sur ton bureau. Ainsi la Rue de la Soie où nous étions il y a cinq minutes, devient, ici, rue des Cantonnais, puis, dans un moment, elle s'appellera successivement Rue du Sucre, Rue du Riz, Rue du Papier et enfin Rue du Charbon.

— Elle change de noms à tous les carrefours quoi ?

— Presque à chaque croisement. Et elle n'est pas la seule qui soit dans ce cas. Cette rue que tu vois derrière toi, s'appele Rue des Paniers comme tu peux lire sur la plaque. Plus loin elle se nomme Rue « Vieille-des-Tasses » (?!) — Je n'arrive pas, entre parenthèses, à comprendre pourquoi on lui a donné un pareil nom ! — puis, après avoir coupé ici la Rue de la Soie, elle devient Rue des Changeurs.

— C'est à ne plus s'y reconnaître !

— Pour un nouvel arrivant, la ville d'Hanoi est un véritable labyrinthe dans lequel il s'égare d'autant plus facilement que les rues se croisent tous les 20 à 30 mètres et qu'elles ne se coupent jamais à angle droit.

— A l'époque de mon premier séjour, ajoute Loulou, je me suis égaré plusieurs fois dans ces dédales. Voulant faire le malin, je suis allé seul, à pied, à l'aventure dans ce quartier. J'ai marché pendant longtemps tournant au hasard dans les rues que je rencontrais et qui étaient presque semblables les unes aux autres. Je me suis retrouvé, après une heure de marche, à mon point de départ.

— Mais pourquoi n'a t-on pas fixé un alignement à ces maisons et obligé les propriétaires à suivre un plan pour leurs constructions ?

— Ce n'est pas possible. Toutes ces maisons datent de 50 ans au moins. Elles ont été rafistolées plusieurs fois mais jamais reconstruites entièrement.

Hanoi était comme vous le savez, capitale du Royaume d'Annam sous la Dynastie des Lê. Après le transfert, par Gialong, de la capitale de l'Empire à Huê, Hanoi est demeuré le plus gros centre commercial du Tonkin. Ces maisons existaient donc déjà au moment de l'Etablissement du protectorat français.

L'Administration n'a pu, dans la suite, qu'adapter au milieu qu'elle avait trouvé le plan de Ville. Elle a donc simplement empierré les passages laissés par les indigènes entre leurs bâtisses, les reliant par d'étroites et sombres ruelles sans trottoirs ni caniveaux.

— Mais la Commission d'hygiène ne peut-elle pas condamner les trop vieilles constructions et les faire démolir ?

— Impossible de faire entendre raison aux Ha-

noïens. Ils disent toujours qu'ils n'ont pas de sou
pour reconstruire. Les obliger à démolir serait
leur arracher des hurlements tellement douloureux
à entendre qu'on y a renoncé. On s'est donc contenté
de les prier de rafistoler leurs masures.

— A Saigon on ne s'embarasse pas de tant de scru-
pules !

— Je te fais remarquer qu'à Saigon nous sommes
dans une Colonie française. L'Administration y a les
mains absolument libres tandis qu'au Tonkin nous
nous trouvons en pays de Protectorat.

— Mais l'Hygiène et la Salubrité publique laissent
beaucoup à désirer dans ces agglomérations trop
populeuses et dépourvues d'égoûts...

— On n'y peut rien. Les Européens ont pris le
sage parti d'abandonner entièrement ce quartier
aux Indigènes. Ils sont allés s'installer au Sud Est
de la Ville, sur des terrains libres qu'ils ont transfor-
més en peu de temps, en une charmante cité que
nous avons déjà visitée d'ailleurs.

Mais tout en bavardant nous avons dépassé, sans
nous en apercevoir, la Rue du Sucre et nous sommes
arrivés devant le Grand Marché d'Hanoi.

Loulou nous propose d'y entrer un moment sans
toutefois nous cacher que nous y serons très mal à
notre aise, et que la bousculade que nous allons
subir sera encore plus rude que celle dont nous
venons d'être libérés.

XIV

La ville Indigène
Le marché de Dong-Xuan

Le grand marché d'Hanoi appelé aussi marché de Đồng-Xuân (Champ printanier) est loin d'égaler celui de Saigon tant au point de vue de l'élégance et du confort qu'à celui de l'importance et de la propreté.

Il est composé de plusieurs hangars alignés dans le sens des versants de leurs toits, et incrustés, pour ainsi dire, dans un pâté de hautes maisons qui en font un véritable étouffoir.

On y pénètre par des grilles en fer aménagées dans la façade principale aux toits multiples conjugués en accents circonflexes.

Dans des réduits en planches qui tiennent à la fois de la niche et de la guérite, et qui sont disposés à chaque porte d'entrée, trônent les collecteurs du marché qui y dispensent, aux marchandes arrivant avec leur charges, des timbres quittances leur octroyant une petite place dans cette enceinte relativement étroite et mal aérée.

Sur le pavé visqueux et sale, nous nous engageons avec d'autant plus de difficultés que la foule nous emprisonne au milieu de robes et de vestes malpropres uniformément teintes au « cu-nau », et exhalant une odeur fade qui écœure.

Malgré le vif mécontentement de nos compagnes que cette rude bousculade indispose, nous prenons

HANOI ; *Le marché de Đồng-Xuân*

le sage et philosophique parti de nous laisser tranquillement « manœuvrer » par le flot humain irrésistible qui nous, pousse successivement dans les minuscules couloirs aménagés entre les étals.

L'intérieur du marché est une véritable fourmillière dont l'animation est des plus pittoresques. C'est en même temps une ruche dont le bourdonnement couvre parfois le vacarme des tramways qui se croisent dans la Rue du Riz.

Ici des rôtisseurs présentent à leur clientèle d'apétissants quartiers de porc laqués cuits à point ; là des confiseurs offrent aux jeunes femmes toute la gamme des sucreries indigènes ; plus loin des tas de légumes frais, admirables en leur beauté et en leur grosseur, s'accumulent près des monceaux d'oranges et de fleurs dont les vives senteurs se trouvent, en ce lieu, annihilées par l'odeur nauséabonde qui se dégage des grandes terrines où s'agitent, en sursauts d'agonie, quelques maigres poissons, ou qui arrive, par bouffées, de la rue des Tubercules dans laquelle coule un ruisseau intarissable d'urine !

Ce qui nous frappe, au premier abord, au marché d'Hànoi, et ce qui, en même temps, nous fait un réel plaisir, à nous Annamites, c'est l'absence totale du marchand « catiou ». En effet, derrière les étals où sanguinolent les corps éventrés de porcs, nous apercevons, non plus le crâne lisse et huileux du débitant chinois, que nous avons l'habitude de rencontrer à Saigon, mais d'aimables jeunes filles aux cheveux enroulés en turban, qui nous offrent, avec leur plus gracieux sourire, le « thịt lợn » (viande de cochon), denrée la plus courante des halles ton-kinoises.

Tous les emplois tenus au marché de Saigon par des « catious » sont ici accaparés par des jeunes femmes annamites qui, dans leurs mâles métiers, réussissent aussi bien que leurs oncles célestes.

— Tu ne remarques donc pas dit Loulou, qu'il n'y a aucun Chinois aux Halles, j'entends des vendeurs chinois. Eux qui ont la fâcheuse tendance à se croire indispensables en Cochinchine, ne peuvent lutter ici contre les Tonkinois.

Qu'un « catiou » s'avise, demain, d'installer au marché un étal de viande de boucherie par exemple, il en sera pour sa peine et pour son argent. Personne ne lui en achètera !

— Ils sont donc si solidaires, les Tonkinois?

— Oh, très, très solidaires. « Les Cochinchinois, a dit S. M. Khai-Dinh à propos du fameux boycotta-ge de 1919, font beaucoup trop de bruit pour rien, tandis que le Tonkinois, lui, agit dans le calme et le silence. »

A Saigon on crie, on tempête, on chahute, mais on n'a pas de suite dans les idées.

— Je remarque, en effet, que les Tonkinois ont beaucoup d'esprit pratique.

— Ils en ont quelquefois un peu trop au grand dam de leur honnêteté ; mais, que veux-tu, chez eux la devise est « Les affaires sont des Affaires »!

Nous voici devant des étalages de « bric à brac »,
véritable « foire aux puces » où l'on rencontre mille
objets hétéroclites. C'est là que s'échangent âprement
et bruyamment des marchandages entre vendeurs
et acheteurs au point que l'on est parfois obligé de
se boucher les oreilles pour traverser ce coin.

— Je me demande, dit Nestor, comment ces femmes
arrivent à se comprendre en criant ainsi toutes à la
fois.

— Ne t'en fais pas, répond Loulou, elles savent
ce qu'elles font ; pour un sou de plus ou de moins,
elles crieraient comme ça pendant une heure, mais
si elles se mettent d'accord sur le prix de la marchandise, tu verras qu'elles se calmeront comme
par enchantement.

Nous arrivons maintenant aux états de « chiens
comestibles ».

N'ouvrez pas, Chers lecteurs, des yeux étonnés
en lisant ces mots *chiens comestibles*. Je ne me trompe
point : il s'agit bien des chiens, de ces fidèles amis
de l'homme qui gardent sa demeure, qui amusent
ses enfants, qui, parfois, se laissent mourir de faim
et de chagrin sur la tombe de leurs maîtres !

— Regarde, dit Loulou, ces pauvres toutous, rôtis,
dorés, comme des petits cochons, qui se balancent
aux crochets de fer, au-dessus des chapelets de
saucisses fabriquées avec leurs entrailles.

Baby réprime un haut-le-cœur et détourne les
yeux.

— Voyez, ajoute Nestor, dans ces plats sales et graisseux, les têtes de caniches qui grimacent en montrant leurs longues canines !

— Comment, demandé-je, on vend ici, en plein marché, de la viande de chien ?

— Oui, répond Loulou. Il n'y a là rien qui doive surprendre. Tout le monde en mange au Tonkin.

— Chez nous, en Cochinchine, lorsque, par hasard, quelqu'un veut se permettre la fantaisie de manger du chien, il se cache comme s'il commettait une mauvaise action. Il n'invite que ses intimes à ces sortes d'agapes qui ont toujours lieu dans la campagne, loin de toute agglomération populeuse.

— Ici, rien n'est plus naturel que de transformer en saucisses le toutou que l'on caresse la veille. Mais vous n'êtes pas encore au bout de vos surprises !...

— Tiens, dit Nestor. vois là-bas, ce groupe de petits chiens à peine sevrés Ils sont à vendre !

— Drôle de denrées dans un marché !

— Et vois comme ils regardent placidement leurs ainés pendus haut et court aux crochets des étals de boucherie.

— Bah ! ils sont encore trop jeunes pour en souffrir, insinue Loulou qui veut faire de l'esprit. . . Ils n'ont pas encore « l'âge de raison » !

Malgré les éclats de rires qui accueillent cette plaisanterie de mon ami, je sens mon cœur se serrer à la vue de ce spectacle. Pauvres toutous ! Que vos

maîtres tonkinois sont ingrats envers vous ! En ré-
compense de vos services, en échange de votre fidé-
lité, de votre amité, ils vous égorgent, ils vous rôtis-
sent, ils vous transforment en saucisses et ils vous
dévorent...

Mais, tout à coup, un cri aigu m'arrache à mes
réflexions sur les destinées du chien tonkinois. Tout
près de nous une dame européenne que sa curiosité a
poussée à cet endroit, vient de se trouver mal. Nestor accourt, la soutient et l'aide à sortir des halles à
la grande joie des congaïes qui ne peuvent comprendre cette impressionnabilité.

Nous nous approchons pour nous rendre compte
de ce qui a pu provoquer cette faiblesse chez l'Européenne, et nous constatons que sa frayeur était due
tout simplement aux énormes cancrelas d'eau (càng
cuốn) à l'odeur très forte de menthe qui grouillent
dans de grands paniers, cherchant à en déborder et
qu'une ba-gia ramène dans le tas avec une longue
baguette.

*
* *

Nous sommes au bout du marché, dans le quartier
de la volaille, dont les désagréables caquets se
mêlent au tintamarre général. Baby commence à
tâter quelques poulets étiques.

Elle s'est à peine accroupie devant les cages qu'une
rumeur grandissante se fait entendre derrière nous.
Une vingtaine de « bé-con » (gosses), qui nous ont
répérés depuis un moment, accourt en fendant la

foule pour se disputer l'honneur de porter nos em-
plettes. Pauvre Baby ! la voilà aux prises avec ces
enfants terribles qui la tiraillent de tous les côtés.

— Bầm bà dề con mang cho bà ! (Madame laissez-
moi porter pour vous).

Mais Loulou intervient énergiquement et délivre
Baby de cette horde malpropre, batailleuse et crapule
qui allait mettre ses vêtements en lambeaux.

Ces gavroches aux mines effrontées sont sans pitié :
pour gagner quelques sous ils se cramponnent à
votre veste et arrachent de vos mains les petits paquets, vous forçant à utiliser leurs services.

— Combien ce poulet ?

— Quatre-vingts sous.

— Tu te moques de moi ?

— Je vends aux autres une piastre cinquante.

— Quel toupet ! Et pourquoi me propose-tu 80
sous alors ?

. . . .

Juste à ce moment, une femme tonkinoise, —probablement une habituée — passe et prend un poulet
en jetant 15 sous dans le panier de la vendeuse.
Baby se fâche tout rouge et en... guirlande celle-ci.

— Inutile de vous mettre en colère, Madame, intervient Loulou, cette vendeuse voit bien que vous
arrivez de Saigon ; c'est tout naturel qu'elle cherche
à vous estamper.

— Puis, ajoute Nestor, la litanie que vous venez
de lui débiter, l'amuse plus qu'elle ne la touche,

puisqu'elle ne comprend pas le quart de ce que vous lui dites en Saigonnais.

Effectivement la congaïe, au lieu d'être blessée des propos de Baby, se met à rire bruyamment en exhibant deux rangées de dents laquées noires comme des perles de jais.

Pour en finir, je jette 60 sous dans son panier, lui prends trois poulets et entraîne tout notre monde hors du marché sans plus faire attention aux vociférations dont les vendeuses saluent notre départ.

A la porte des Halles, Baby veut acheter des oranges.

— Combien vendez-vous une orange ?

— Hai hào.

Baby ne comprend pas.

— Hai hào, c'est 20 sous, explique Loulou. Ici notre pièce de dix cents s'appelle « hào » au lieu de « cắt ».

— Comment ! 20 sous le fruit ? Mais elles se moquent de nous ! Elles veulent peut-être dire 20 sous la douzaine !

Nous prions la marchande de préciser.

— Hai hào một quả, répond cette dernière.

« Quả » signifie en Cochinchine boîte à bétel généralement laquée. Baby pense que c'est peut-être là une mesure de capacité en usage au Tonkin pour la vente des fruits. Elle s'étonne cependant qu'aucune boîte ne se trouvait sur le tas.

— C'est fou d'acheter à ce prix, dit Loulou.

— Comment donc ?

— Mais « quã », ici c'est le numéral des fruits tout comme le mot « trái » à Saigon. « Một quã » c'est donc un fruit, une unité. « Quã cam » c'est kif-kif avec « trái-cam » en Saigonnais (une orange).

Pour s'en convaincre Baby prend un fruit et le met sous le nez de la marchande.

— Un fruit comme ça, combien ?

— Hai hào, répond la marchande avec une assurance déconcertante.

Baby prend une pièce de 20 sous d'une main et une orange de l'autre et questionne encore la vendeuse :

— Ça vaut ça ?

— Vàng ! (Oui, Madame).

Du coup je juge inutile de continuer la discussion qui nous ferait perdre encore une heure, et j'entraîne notre groupe vers le tramway qui descend du village du Papier.

Je viens d'installer nos compagnes sur les banquettes du wagon, et me dispose à rejoindre Nestor et Loulou sur la plate-forme lorsque Baby attire mon attention sur un groupe de coolies assis en rond sur le trottoir, face aux Halles.

— Que mangent-ils donc ainsi ?

— Je n'en sais rien moi-même ; demande-le à Loulou.

— C'est du « tuyết canh » me répond mon ami.

Et il m'explique la composition de ce mets bizarre dont les Tonkinois semblent raffoler.

— Lorsqu'on tue un cochon, un chien, ou un poulet, on recueille le sang de l'animal dans des tasses
où se trouve un peu de choum-choum pour l'empêcher de se coaguler. Puis on y met des fines herbes,
des brindilles de gingembre, on y verse ensuite une
cuillerée de bouillon et on avale le tout en claquant
bruyamment la langue.

Effectivement nous voyons le cercle de coolies
ingurgiter avec une visible satisfaction leurs bols de
« tuyết-canh » et essuyer du revers de leur veste leurs
lèvres rouges de sang, au grand scandale des changeurs malabars accroupis devant le Marché, figés
dans leur attitude impassible, l'œil froid et dur, avec
leur air de parfaits malhonnêtes hommes.

XV
La Ville Indigène.
La Rue du Chanvre et du Coton
La Monnaie de Billon au Tonkin

Le Tramway électrique nous ramène vers la Place Négrier et le Petit Lac.

Nous avons à Hanoi un véritable tramway et non pas un train électrique comme à Saigon : pas de gares, pas de billets à destination fixe. Le tramvay s'arrête à tous les croisements de rues, et les billets sont délivrés à raison de 0$03 le voyage quelle que soit la distance à parcourir pourvu que le trajet ne dépasse pas un secteur déterminé, lequel comprend la ville proprement dite et une des zones suburbaines.

Si la même organisation était adoptée à Saigon, le voyageur paierait par exemple de Govap à Cauonglanh 0$03 ; après cette localité, il paierait 0$05 jusqu'à Binh-Tây. De même, en partant de ce dernier point, il ne paierait que 0$03 jusqu'à Paul Blanchy et 0$05 jusqu'à Govap. Les promenades sont donc faites à Hanoi à très peu de frais.

Aussitôt le tramvay en marche, un employé passe pour nous délivrer des billets. Nestor lui remet 0$30.

— Comment, fait Baby, nous sommes sept, et vous lui remettez 0$30. Jamais il ne nous rendra 0$09 !

— Ne craignez rien, fait Loulou, il nous rendra la monnaie. A Hanoi, on n'est pas obligé de faire l'appoint sur les tramways pas plus que partout ailleurs.

Effectivement l'employé remet à Nestor la différence, soit 0$09.

— Mais la crise de billon . . .

— C'est une fumisterie inventée par les « catious »
de Saigon pour forcer les gens à leur acheter un peu
plus de marchandises qu'ils n'en ont besoin.

— Les Chinois racontent qu'il n'y a plus de sous.

— Le Trésor donne des sous à tous ceux qui en
demandent. L'Administration en fait frapper régulièrement.

— Je sais, dit Nestor, qu'en Cochinchine les commerçants peu honnêtes prétendent que les sous
fuient à l'étranger, mais c'est là une histoire à dormir
debout. La Douane ne laisserait pas passer de caisses
de sous qu'on chercherait à faire sortir de la Colonie.
De plus, les étrangers, — Chinois ou autres, — n'ont
aucun intérêt à emporter chez eux une monnaie qui
n'a pas cours dehors l'Indochine et qui, sous un fort
volume, ne représente qu'une valeur minime. (1)

Ah! s'il s'agissait de la monnaie d'argent, je com-
prendrais, en raison des cours, qu'on soit tenté d'en
emporter.

— En effet, appuie Loulou, il ne saurait exister de
crise de billon en Indochine. Ce sont les « catious »
qui l'ont inventée de toute pièce. En Cochinchine
où l'on dépense sans compter, les habitants s'y sont
laissés facilement prendre ; mais au Tonkin où les
indigènes sont durs à cuire, cette sorte de tentative
d'escroquerie n'a pas réussi.

---

(1) Cet ouvrage a été écrit avant la mise en circulation
des pièces de 0$05, qui a supprimé en Cochinchine la crise
des sous.

— Les Tonkinois, très pratiques y ont opposé ce que j'appellerai la « grève des acheteurs ». Du commerçant peu scrupuleux qui voulait agioter et du bourgeois tenace qui ne consentait à acheter que son strict nécessaire, c'était à celui qui pouvait « tenir » le plus longtemps que devait revenir la victoire. L'acheteur a « tenu », et les marchands ont dû céder.

— C'est un exemple à donner aux Cochinchinois qui se plaignent de manquer de sous. Qu'ils s'entendent donc pour s'abstenir tous d'acheter pendant un certain temps si on ne leur rend pas de monnaie, et la crise dont ils souffrent sera vite conjurée.

— Mais, dit Baby, jamais on n'obtiendra chez nous une pareille solidarité, une telle patience. En Cochinchine où la vie est trop facile, on ne sait pas le prix de l'argent !

Nous sommes arrivés Place Négrier.

L'employé nous invite à changer de « tàu » (bateau) au grand ahurissement de nos compagnes.

— « Tàu điện » explique Loulou, signifie à Hanoi, tramway électrique.

— Par exemple ! s'exclame Baby. Et le chemin de fer alors ?

— « Tàu hõa » (bateau de feu) ;

— Et les vrais bateaux qui vont sur l'eau comme dit la chanson ?

— On les appelle « Tàu-thuỷ » (bateau à l'eau) et, enfin, les avions « tàu bay » (bateau volant).

— Dans les premiers temps de votre séjour au Tonkin, ces bizarreries de la langue vous surprennent très souvent, mais vous finirez par vous y habituer.

— Tous les Annamites, explique Nestor, parlent la même langue depuis la Frontière chinoise jusqu'au Cambodge. Il existe cependant quelques mots qui diffèrent complètement de sens suivant qu'ils sont employés au Bắc-Kỳ (Tonkin) au Trung-Kỳ (Annam central) ou au Nam-Kỳ (Cochinchine).

— Les Tonkinois, ajoute Loulou, prétendent qu'ils sont de vrais Annamites et que les Saigonnais ne sont que des « sang-mêlés ». Je ne veux pas les contredire.

— C'est très possible, puisque le Delta tonkinois a été le berceau du Royaume d'Annam primitif. Le reste appartenait aux Cambodgiens et aux Cham. La langue annamite, disent-ils, a dû être déformée en Cochinchine au cours de la colonisation de ce pays par nos ancêtres.

— Tout ce que vous voudrez, proteste Baby, mais je ne conviendrai jamais que les Tonkinois soient dans la note juste quand ils donnent le nom de « bateaux » aux chemins de fer ! Nous les appelons chez nous des voitures de feu (xe lửa); c'est beaucoup plus exact.

Mais le tramway de Hadong sur lequel nous venons de nous installer, nous emporte vers le haut de la ville en passant au milieu de la Rue du Chanvre et du Coton, autre artère importante très caracté-ristique de la cité indigène.

Je laisse la parole à M. le Lieutenant Colonel Bonifacy qui va vous décrire, avec infiniment plus d'esprit que moi-même, cette voie qui fait, en quelque sorte, le pendant de la Rue de la Soie. (1)

« *L'Achèvement de bon augure* » par quoi commence la rue, est l'enseigne d'un commerçant qui vous offre de la cordonnerie, de la chapellerie, de la sellerie, de la maroquinerie et de la librairie. Son voisin « *L'Achèvement de jade* » se contente de vendre des objets tournés pour pagodes et des peignes, des plaques de mandarin, qu'il proclame être en ivoire.

La renaissance prospère » est un salon coiffeur (sic), ne chicanons pas nos bons indigènes sur les libertés qu'ils prennent avec la langue française. Son voisin mécanicien et électricien, intitule sa boutique ; « *Clarté se produisant d'elle-même* », ce qui n'est pas mal !

D'assez nombreuses échoppes de tourneurs permettent aux curieux de voir travailler les Annamites. C'est entre ces échoppes que se logent d'abord un fabricant de casques qui « *Prend appui sur la littérature* » — car il vend aussi des livres, et l'orfèvre « *Plénitude jaune* » !

Une boutique minuscule, une armoire s'ouvrant sur la rue s'intitule « *Source des profits* » et offre des

---

(1) Promenades dans Hanoi.—*Avenir du Tonkin,* mai 1922.

bonbons. Tout à côté au « *Pic nuageux* » se trouve
un tailleur qui vend de la mercerie et du lait concentré !

A la « *Paix bleue* » on vend des noix d'arec séchées.
En face, aux « *Fleuves de l'Est* » on vend non seulement de l'arec, mais encore du tabac et, sur l'enseigne, un Monsieur, fumant sa pipe à eau à l'ombre
d'un banian, nous incite à l'imiter.

A côté on admire le « *Palais de toutes les littératures* ». J'ai pu, cependant, me convaincre que la
littérature grecque, la latine, la française et beaucoup d'autres, y étaient complètement ignorées.
Tout près est installé un marchand de chaises et de
fauteuils cannés ; s'il faut en croire la raison sociale
de la maison : « *Aux justes Gains* », elle ne doit pas
exploiter ses pratiques.

Nous arrivons au Temple de la « *Danse au tambour* » où, paraît-il, on ne danse jamais. Les sentences verticales honorent le cœur du Dragon. —
cette vieille connaissance, — et la sentence de quatre
caractères placés au-dessus de l'autel célèbre « *les
Splendeurs réunies du soleil et de la lune* » On s'occupe dans cette pagode d'imprimer et de vendre des
livres en caractères. A l'entrée du temple, dans la
rue, se trouve un banian sacré, orné de pots à chaux
vieillis et qui contient, dans ses flancs, un petit autel
où les âmes pieuses viennent apporter des offrandes
aux génies dames ou demoiselles de l'arbre.

Certains arbres sont sacrés pour les Annamites

et, parmi eux, le « cây da » ou banian, tient le premier rang. Les Grecs, les Latins, les Gaulois avaient aussi leurs arbres sacrés ; c'est une croyance que l'on retrouve partout chez les primitifs.

Le banian a horreur des souillures, et pour ne pas vexer les Indigènes quand vous vous promenez dans la campagne, évitez d'aller satisfaire un petit besoin de la nature au pied d'un banian.

Certain paysan avait planté un de ces arbres près de sa maison, dit une légende, et il avait recommandé à sa femme de l'arroser chaque jour. Un certain jour cette femme ayant oublié l'ordre et voyant son mari revenir, elle crut bon d'user, pour réparer son oubli, du moyen dont se servait Gargantua pour éteindre les incendies. L'homme arriva à cet instant, juste au moment où l'arbre, outré de ce procédé, s'arrachait du sol et s'élevait en l'air. Notre bon paysan s'accrocha aux racines pour le retenir mais en vain ; il fut emporté dans la lune par cet aérostat d'un nouveau genre et on l'y voit encore, par les nuits sereines, au pied de son arbre. Ne vous exposez pas à ce danger !

Après avoir dépassé la Pagode, on trouve encore des librairies ; le « *Palais de l'heureuse littérature* », puis celui de la « *Riche littérature* », vous offrent quantités d'ouvrages nouveaux. On remarque, quand on peut lire les caractères, que les ouvrages en montre sont toujours disposés à l'envers. Une marchande à laquelle je demandais la raison de cette

…omalie, m'expliqua que les ouvrages étaient bien…
…acés à l'envers pour ceux qui les regardaient du…
…hors, mais à l'endroit pour ceux qui étaient dans…
…boutique, et que, par conséquent, c'était un mo-
…n pour amener les clients à entrer.

Il arrive que les raisons sociales se complètent.
…note, dans deux boutiques qui se suivent, les en-
…ignes « *A l'arrivée des nuages* », chez un marchand
…chapeaux, et « *Au rassemblement des nuages* »
…ez un marchand de laque et d'arec.

En face on construit une belle devanture sur la-
…elle brillent les deux caractères « *Montagne du*
…idi », à côté de la « *Vaste abondance* » librairie où
…n vend des ouvrages en annamite, transcrits en
…ractères chinois et en « chữ-nôm ».

En parcourant cette rue où on ne trouve pas de
…utique chinoise, on peut constater les progrès faits
…r les Annamites au point de vue commerce et
…dustrie. Certaines de celles-ci, les casques, les
…uteuils cannés, nous affranchissent de l'exporta-
…n étrangère. Il n'y a pas longtemps que nous
…ions encore tributaires de Vienne (Autriche) pour
…s fauteuils dont on trouve les matières au Tonkin.
…us pouvons nous énorgueillir de ces progrès.

La Rue du Coton prolonge celle du Chanvre.

A l'entrée de la rue nous trouvons quelques mar-
…ands de monnaie en papier. Nos lecteurs savent
…us que les Annamites, comme les Chinois, offrent
…eurs dieux bénévoles des lingots en papier jaune…

ou de l'argent. Cette monnaie a cours dans le sombre
empire et sa valeur est à peu près sur la terre, celle
du rouble papier ou de la couronne autrichienne
De plus les risques de l'inflation sont nuls.

Nous arrivons vite à une papeterie-libraire « *Styl*
élégant ». Presque en face, à la « *Réunion des chose*
utiles » on vend des statues du Sacré-Cœur, du
Bouddha tenant en sa main le lotus de la bonne loi
des fioles, des miroirs, des sandales, de la vannerie
fine, des chaises et fauteuils cannés.

Les « *Illustres Nouveautés* » vendent du coton et
de la cordonnerie ; en face, à la « *Renaissance de*
gains paisibles » on trouve des soieries et des bijoux

La Rue du Coton mérite son nom, en effet, et on
y voit de nombreuses boutiques qui vendent le coton
égrené et lavé, ou les nattes doublées en coton pou
le couchage, les oreillers, les coussins, les habit
ouatés d'hiver, etc. . .

A « *l'Arrivée des nuages* » on offre des casques e
des turbans roulés qui remplacent la pièce de soi
d'antan. A « *l'Egalité paisible* » se trouve un laqueur

Encore des casques et des chapeaux à la *Magnif*
que renaissance » et des laques à la « *Vertueuse Humi*
dité fécondante » (!)

Un médecin, marchand de médicaments, intitul
son officine « *Palais de la riche colline* ».

Nous arrivons à une pagode bouddhique dont l
parvis est, hélas, une sordide fumerie d'opium
avec ses classiques fumeurs couchés nus et déchar
nés goûtant par avance les douceurs du Nivarna.

Un seul bonze, très âgé, dessert la pagode dont l'inscription horizontale signifie : « *Ouverture de la Transformation des neuf cieux* » (!)

A côté un tailleur se réclame de la « *Nouvelle lumière* » et en face une boucherie s'intitule « *Bénéfices naissants* ». Comme il sied, un horloger a pour enseigne « *Habileté durable* » et son voisin, vendeur de chaises cannées, a décoré sa porte d'une enseigne parlante : une marmite que gardent deux dragons, avec les caractères « *Plénitude de la Marmite* ». Il faut vous dire que la marmite, instrument prosaïque pour les Français, était le palladium de l'Etat pour les Chinois et les Annamites. Quand les grandes marmites sont pleines, tout va bien dans le Royaume du Milieu et ailleurs aussi.

Au « *Palais de la grande félicité* » on vend du coton et du kapok. L'enseigne parlante est une fleur de lotus.

Près de là, le temple taoïste. « du Solitaire qui regarde au Ciel. » Pour ne pas faire mentir le proverbe ; « les trois religions n'en font qu'une », un bouddha enfant se trouve au milieu des divinités taoïques. Sur l'autel l'inscription « *Dix mille vies aux Corps saints* ». Deux temples sont accouplés ; dans le deuxième consacré aux mêmes divinités, l'autel porte l'inscription « *Immense embrasement sans égoïsme* » !

En face une maison particulière « *Habitation de l'Harmonie vertueuse des arbres* » (? !) Il faudrait être conservateur des forêts pour comprendre !

Nous voici Place Neyret. Au milieu d'un petit square se dresse une statue de la « République éclairant le monde » juchée sur un piédestal cylindrique.

Pendant que nous descendons de tramway, Loulou me dit malicieusement :

— La République oublie toujours d'éclairer sa lanterne ; c'est pour cela que, la nuit venue, cette place est la plus sûre de la Capitale.

Mais Nestor attire notre attention sur les Indigènes qui vont et viennent sur les toits plats encerclant la Place Neyret.

— Regardez donc ces braves gens qui font la chasse aux parasites !

Nous levons tous les yeux : des paquets de vieux vêtements couverts de vermine, des couvertures dont la lessive la plus habile ne saurait retrouver la couleur primitive, des moustiquaires sales et rapiécées, des nattes malpropres et humides, sont suspendus au-dessus de la rue pendant que femmes et enfants se mettent à les retourner en tous sens et à attrapper les petites bêtes qui s'y cramponnent. Celles-ci semblent pulluler car nous voyons les « chasseurs » pressés sans doute d'exterminer leur trop abondant gibier, les porter à leur bouche et les écraser avec leurs dents pour aller plus vite.

Nous détournons les yeux de ce spectacle qui nous écœure pour les reporter dans les rues de la Place où se déroule une autre scène également intéressante.

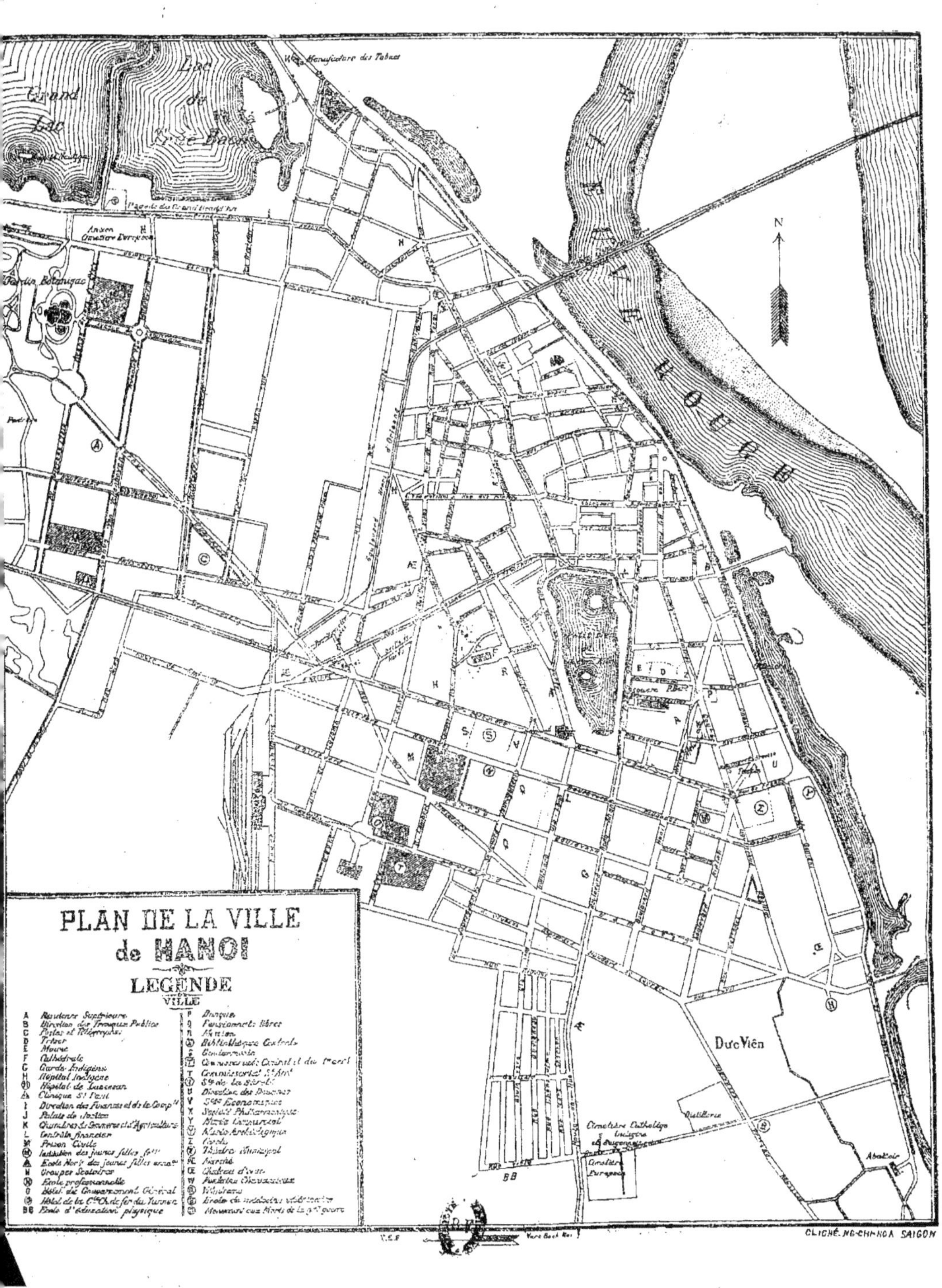

PLAN DE LA VILLE de HANOI
LEGENDE
VILLE
A Résidence Supérieure
B Direction des Travaux Publics
C Postes et Télégraphes
D Trésor
E Mairie
F Cathédrale
G Garde Indigène
H Hôpital Indigène
I Hôpital de Lanessan
I Clinique St Paul
J Direction des Finances et de la Coop
K Palais de Justice
L Chambres de Commerce et d'Agriculture
M Contrôle financier
N Prison Civile
O Institution des jeunes filles
P Ecole Norle des jeunes filles annexes
Q Groupes Scolaires
R Ecole professionnelle
S Hôtel du Gouvernement Général
T Hôtel de la Cie Chde fer du Yunnan
BB Ecole d'éducation physique

P Banque
Q Pensionnats libres
R Mission
S Bibliothèque Centrale
T Gendarmerie
U Commissariat Central et du Marché
V Commissariat 2me Arrt
W Sté de la Sûreté
X Direction des Douanes
Y Sté Economique
Z Société Philharmonique
Musée Commercial
Musée Archéologique
Cercle
Théâtre Municipal
Marché
Château d'eau
Pagodes Chinoises
Ministère
Ecole de médecine vétérinaire
Monument aux Morts de la gde guerre

CLICHÉ NG-CH-HOA SAIGON

Duc Viên

Un grand nombre de jeunes coiffeurs munis chacun d'un tabouret et d'une petite trousse contenant leur outillage rudimentaire s'installent sur les trottoirs où, bavards comme les perruquiers de tous les pays, ils jasent bruyamment en attendant des clients. A côté d'eux se reposent des tireurs de pousse-pousse qui, pour un « Khai-dinh ». — monnaie en laiton en cours au Tonkin et valant un demi-sou, — aspirent d'un gros bambou faisant office de pipe à eau de grosses bouffées de fumée blanche pendant qu'un « bé-con » leur verse une pleine tasse de thé tout en criant sa marchandise.

Non loin de là, des marchands de soupe aux vermicelles servent aux coolies des bols de bouillon fumant en lançant de temps à autre, à plein gosier, des cris : « Pheu ?... pheu ? » des plus désagréables à l'oreille.

Une bande de mendiants chargés de guenilles circulent entre les groupes pour quêter une obole que personne ne daigne jeter dans leur corbeille.

L'un d'eux près de moi, me supplie en débitant avec cadence une tirade rimée :

— Monsieur est riche, madame est heureuse ; monsieur est mandarin, madame est princesse ; nous avons faim, nous avons froid ; ayez pitié de nous, secourez-nous, donnez-nous une tasse de riz, un bol de soupe, et le Ciel vous bénira, etc... etc...

Bien entendu, une minute auparavant il a débité, — mais sans résultat, — la même litanie aux perruquiers et aux tireurs de pousse-pousse qui nous environnent et qu'il a également bombardés mandarins et princesses !

Pour me débarasser de ce raseur, je glisse une pièce dans sa main tendue qui s'obstine à se coller à mon avant-bras. Loulou aperçoit mon geste et me gronde bruyamment :

— Malheureux ! que fais-tu ? Tu vas nous faire assiéger par cette horde malpropre qui n'est pas plus misérable que nous ! Nous n'avons plus qu'une chose à faire, c'est de battre en retraite.

Effectivement, le mendiant à qui je viens de faire l'aumône esquisse un geste et tous ses camarades se précipitent vers nous les mains tendues, l'attitude suppliante, les yeux larmoyants, la bouche psalmodiant en chœur leur prière habituelle.

— Ah ! Gaffeur ! gaffeur ! grogne Loulou. Au Tonkin, il ne faut jamais faire l'aumône en public, ostensiblement, autrement les mendiants ne te lâcheront plus. Toute ta monnaie va y passer !

Nous sommes maintenant complètement cernés de mendiants. C'est une vraie Cour des Miracles !

— Décampons vite, dit Nestor, ils vont nous embaumer proprement s'ils ne déchirent pas nos vêtements à force de nous bousculer en se disputant.

— Et ils sont crampons ! ajoute Loulou, ils nous suivraient comme cela jusqu'à ce soir.

Nous nous refugions, non sans difficulté, dans les pousse-pousses qui viennent au-devant de nous, pressentant sans doute le moment où nous allions avoir besoin de leurs bons offices.

En route, Loulou me reproche amèrement :

— C'est toujours toi qui gâte nos plaisirs. Tu nous ennuies avec ta générosité mal placée !

— Mais alors, on ne fait pas l'aumône au Tonkin?

— Si, mais fais-le discrètement, et aux vrais nécessiteux !

— Comment reconnaitrai-je ces derniers? Ils se ressemblent tous; il sont tous en loques !

— J'avoue que c'est assez difficile pour toi de discerner les vrais misérables des hypocrites, car la plupart de ceux qui vont dans la rue la main tendue, s'ils ne sont pas riches, peuvent travailler et n'ont pas besoin d'être assistés.

— Donnons alors aux infirmes !

— C'est ce que j'allais te conseiller, répond Loulou, mais vérifie d'abord, ajoute-t-il en clignant les yeux, s'ils n'ont pas dans la manche de leur veste leur bras plié en deux. Les simulateurs ne manquent pas à Hanoi.

— La police laisse donc trotter librement ces gens pouilleux dans la Rue ?

Loulou me lance un drôle de regard :

— La police Urbaine d'Hanoi? ne m'en parle pas!

XVI

Le toupet des « hommes-chevaux » d'Hanoi

Le quartier chinois. — La pagode
du Cheval blanc dite de Cao-Bien

Loulou frappe à la porte de ma chambre.

— Lève-toi, paresseux ! Nous déménageons ce matin. J'ai trouvé pour toi un logement épatant et pas cher. Tu ne vas pas passer toute ton existence dans ce garni !

J'écarquille les yeux et hasarde un bras hors de la couverture ouatée sous laquelle je m'étais blotti pour passer la nuit.

Mon réveil marque 6 heures 30 mais l'obscurité est encore telle que j'ai de la peine à distinguer, au travers de la vitre de ma fenêtre, la silhouette des grands flamboyants dont les branches noueuses et dégarnies en cette saison, se tordent et s'enchevêtrent, formant une sorte de tonnelle au-dessus du parterre fleuri de l'Hôtel.

— Ma pendule avance, dis-je. Il ne doit pas être plus de 5 heures 30 ?

— Elle retarde au contraire : nous sommes près de 7 heures. Il est vrai qu'il « crachine » très fort ce matin et que le ciel est très couvert. C'est sans doute ce qui te trompe. Allons ! ouvre vite... et ne me laisse pas mourir de froid dans ce couloir.

Comme Loulou s'impatiente, il me faut bien me résoudre à sortir du lit. Brr ! Quelle température ! Le parquet semble glacé.

Au dehors un vent froid huhule et chante aux per-
siennes de la fenêtre.

Une pluie fine comme de la poussière tombe très
serrée d'un ciel uniformément gris, et ondule sous la
bise comme une lourde fumée blanche.

J'ouvre à Loulou. Un courant d'air glacial s'engouf-
fre dans ma chambre et me fait grelotter à mon tour.

— Chien de temps ! dis-je en repoussant la porte.
Nos amis qui sont restés en Cochinchine ne peuvent
se faire une idée d'un froid pareil.

— Que dirais-tu si tu allais en France ? réplique
Loulou.

— Je n'ai pas encore eu le bonheur de voir la
France, mais je trouve qu'ici, déjà, il fait bien froid
en hiver.

Nous allons à la fenêtre. La rue Jules Ferry, sous
nos pieds, comme plus loin les autres rues, ne sont
plus que des ruisseaux de boue gluante dans lesquels
pataugent les pauvres tireurs de pousse-pousse habillés seulement d'un manteau de paillote.

— Comment allons-nous déménager avec un temps
pareil ?

— Oh ! le bon Dieu va bien fermer son robinet d'ici
ce soir. D'ailleurs le Commissionnaire a déjà installé
ton mobilier dans ton nouvel appartement. Tu n'auras plus que tes malles à y faire transporter.

Mon mobilier ?! Il se compose tout juste d'un lit
en bois, d'une table de toilette, d'une table à manger,
d'un buffet très simple, de deux chaises et d'un lit

de camp ; le tout représentant une fortune de 30 piastres ! Appelé par mes fonctions à me déplacer plusieurs fois par an, je n'ai pas cru devoir, en effet, m'encombrer de meubles de valeur dont je me débarasserais trop difficilement en cas de départ.

Je me lève et commence à faire mes malles aidé par Baby qui vient de sortir de sa chambre.

— Et-tu sûr que ce crachin va cesser bientôt ?

— Tu me prends donc pour un astronome ?

— Pour sûr qu'il ne va pas tomber pendant 40 jours et 40 nuits de suite comme du temps du père Noé.

— Le crachin à Hanoi, peut cependant durer 3 ou 4 jours et même davantage ; impossible dans ce cas de mettre le nez dehors si on n'a pas de voiture. Les pauvres gens grelottent blottis dans un coin de leurs masures. Les affaires sont en panne. Seuls les « caoutchouc » et les « choléra » continuent à circuler, gagnant péniblement leur existence.

Mais le ciel vient de s'éclaircir et le crachin s'arrête.

Loulou nous presse de finir nos malles pendant qu'il va quérir des pousse-pousse.

A 9 heures, nous quittons le petit hôtel de la Rue Jules Ferry. Je charge nos malles sur deux « choléra » et je m'installe sur un « caoutchouc ».

— Connaissez-vous le « Vườn-hoa-hàng-đậu » ? (Square de la rue des Graines) demande Loulou aux trois tireurs de pousse-pousse.

— Vâng ! répondent-ils en chœur.

— Je ne vous demande pas de me dire « Vâng »
reprend Loulou qui connaît sans doute son monde.
Dites-moi si vous connaissez le « Vườn hoa hàng
đậu » près de l'ancien château d'eau ?

— « Có » ?

Baby éclate de rire, car « có » signifie chez nous
« avoir ».

— Ils ne répondent pas à la question !

— Si fait, réplique Loulou. Quand ils vous disent
« có » cela signifie qu'ils ont compris.

— Et leur « vàng » alors ?

— « Vàng » ne veut rien dire du tout. Attendez,
vous allez en juger. S'adressant alors à son « caoutchouc » il lui demande : « As-tu déjeûné ? ».

— Vàng ! répond le tireur.

— Tu n'a pas mangé ?

— Vâng ! dit encore l'autre

— Tu es un imbécile !

— Vàng ! s'empresse de répondre le coolie.

— Voyez-vous la fumisterie de la réponse, souligne Loulou en s'adressant à nous. « Vàng » ne veut
dire ni oui, ni non. C'est un mot dans le genre du
« dạ » de chez nous. Les individus de la basse classe
vous répondent invariablement « dạ » en Cochinchine
et « vâng » au Tonkin alors même que vous leur
dites des inepties. C'est un excès de respect, à moins
que ce ne soit un excès d'hypocrisie. Il faut s'en méfier parce que très souvent ils font l'âne pour avoir
du son.

Cette démonstration psychologique terminée, Loulou nous déclare qu'ayant une course urgente à faire, il regrette de ne pouvoir nous accompagner jusqu'à notre nouveau logement. Il nous y donne rendez-vous pour 3 heures du soir afin de nous emmener visiter le quartier chinois.

Je prends les devants avec mes trois véhicules. Baby doit me suivre après avoir réglé la note d'hôtel.

Arrivé à notre nouveau logement, j'y trouve un petit « bé-con » et un « bêp » que nous avons embauchés la veille. Ils m'aident à m'installer. Je m'étends ensuite sur le lit de camp pour attendre ma compagne qui tardait à arriver.

Onze heures ! je commence à m'impatienter. Onze heures et demie ! l'inquiétude me gagne. Serait-il arrivé un accident à Baby ? Hanoi est grand ; les rues de la ville indigène, forment une véritable toile d'araignée. De quel côté dois-je me diriger pour la retrouver ?

Pendant qu'énervé j'arpente fiévreusement mon appartement, j'aperçois ma femme qui arrive dans son « caoutchouc », là-bas, au débouché de la Rue Maréchal Joffre. Sa mine renfrognée ne me dit rien qui vaille.

Effectivement, aussitôt arrivée, Baby se met à me débiter avec volubilité ses « malheurs ».

— Ce damné de « caoutchouc » m'a promenée dans toute la Ville depuis deux heures.

— Il avait cependant déclaré qu'il connaissait bien le Square de la rue des Graines.

Le Tireur de pousse-pousse proteste :

— Vous m'avez dit Square de la Porte Sud.

— Menteur! Tu avais bien entendu Square de la rue des Graines puisque tu m'as répondu que c'était à côté d'un bureau de Postes. Tiens, celui-là, au commencement de la Rue de Takou.

Devant cette démonstration péremptoire de sa mauvaise foi, le coolie-xe baisse la tête et cesse toute discussion, Baby continue :

—Il a bien vu tout de suite que je ne connaissais pas Hanoi, alors il ne s'est plus gêné. Il m'a conduit à la Porte Sud, au Théâtre, au Gouvernement, au Marché de Dông-Xuân; il est revenu au Petit Lac d'où il est reparti vers les quais; il a passé sous le pont Doumer, il a continué jusqu'à la rue Do-huu-Vi pour me ramener à la Porte Sud par l'Avenue Puginier...

— Il fallait lui dire de s'arrêter !

— Je lui ai crié vingt fois d'aller à la Rue des Graines mais il n'a voulu rien entendre et a continué, tête baissée, à me balader à travers toute la ville.
— C'est trop fort !

— Il a fini par me déposer malgré moi à la gare en me réclamant une piastre.

— Et tu la lui as remise?

— Bien sûr que non. J'ai protesté: «Tu as voulu me faire marcher? Eh bien je vais prendre un autre pousse-pousse, et je ne te paie pas un sou». Alors il a pris le pan de ma robe pour m'empêcher de descendre de son véhicule. En même temps il disait quelques mots que je ne comprenais pas à un « caout-chouc » qui arrivait pour me prendre, et qui, après l'avoir écouté, est reparti en me laissant en carafe au milieu de la Place.

Avisant alors un jeune secrétaire annamite bien habillé qui passait près de nous, je l'ai prié d'inter-venir, mais ce goujat a haussé les épaules et à conti-nué son chemin. Il n'y a pas à dire, mais, à Saigon, les gens instruits sont beaucoup plus galants, et ne lais-sent pas ainsi une dame aux prises avec la pègre.

— Il fallait t'adresser aux agents !

— Il y avait bien un agent tonkinois devant la Gare, mais il s'est dépêché de s'éloigner pour n'avoir pas à intervenir.

— Quelle mentalité !

— Heureusement que j'ai remarqué non loin de là un réverbère avec des carreaux rouges. Me doutant que c'était un poste de police, j'y ai porté mes pas malgré la résistance de mon tireur de pousse-pousse qui cherchait à me retenir.

— Et la police ? Qu'a-t-elle décidé ?

— Oh ! le règlement du différend a été très simple. Le chef de poste m'a dit : « Payez-lui deux heures au tarif, soit 0$50. Je n'ai pas de temps à perdre ! Débrouillez-vous tous les deux ! » J'ai, à bout de res-source, prié le Chef de poste d'indiquer à mon tireur de pousse-pousse la direction à prendre pour aller au fameux Square de la rue des Graines, après avoir pris le numéro de son véhicule.

Cette fois, après un nouveau « vâng » il a pris le bon chemin.

J'écume de rage en écoutant le récit de Baby et m'apprête à corriger son tireur de pousse-pousse comme il le mérite, lorsque Loulou arrive dans un vieux « choléra ».

— Je viens d'apprendre ce qui est arrivé à Madame. Elle n'est pas la première victime de nos « caoutchouc ». Lorsque ces coolies ont affaire aux Saigonnaises qu'ils reconnaissent facilement à leur accent et à leur chignon artistique, ils abusent de la situation. Attends, tu vas voir avec quelle monnaie je vais payer sa ballade de ce matin.

Loulou saute de son véhicule. Le « caoutchouc » de Baby, pressentant un joli « cadeau » s'enfuit aussitôt sans demander son reste.

En entrant dans la maison, Loulou me conseille :
— Fais attention, ne laisse pas ta femme circuler toute seule pendant les premiers temps de son séjour à Hanoi. Des tireurs de pousse-pousse ont essayé plus d'une fois d'étrangler leurs clientes pour les voler après leur avoir fait perdre leur route par de nombreux détours.

Mais nous remarquons que Loulou boîtait et avait le genou ensanglanté.

— Je viens, explique-t-il, d'attraper ça par la faute de mon « choléra ». Les pousse-pousse, à Hanoi, circulent en dépit de bon sens. Ils ne prennent jamais leur droite, ne se garent pas lorsqu'ils croisent d'autres véhicules. Quelquefois ils font demi-tour au milieu de la rue sans savoir pourquoi et sans se soucier si d'autres voitures descendent ou remontent la voie à côté d'eux. Il en résulte, tous les jours, de collisions dont les conséquences sont parfois très graves.

— Heureusement qu'il n'y a pas beaucoup d'autos au Tonkin !

— Je descendais tout à l'heure la Rue du Coton. Il y avait un rassemblement à propos d'une dispute. Un « caoutchouc » arrivait à toute vitesse sur ma droite et sans me regarder. Je l'écarte avec le bras, mais, pendant ce temps un « choléra » qui arrivait par la gauche est entré dans mon véhicule et m'a blessé au genou.

Mes lecteurs m'excuseront si je me suis étendu trop longuement sur ces faits divers de la vie tonkinoise : j'ai tenu à signaler aux personnes que la lecture de mon ouvrage aura incitées à voyager au Tonkin, les dangers qu'elles peuvent courir en se fiant aux pousse-pousse. Il est juste de reconnaître que les coolies-xé de Saigon ne sont pas, eux non plus, des « gentlemen » mais je trouve que les hommes-chevaux d'Hanoi ont certainement beaucoup plus de toupet. Méfiez-vous en !

*
* *

Fidèle à la promesse qu'ils nous a faite ce matin, Loulou arrive à trois heures pour nous emmener au quartier chinois.

Je m'empresse de dire tout de suite que celui-ci n'est pas grand. Les Hanoïens, par la concurrence terrible qu'ils leur font dans toutes les branches de l'activité économique, et surtout par leur esprit de solidarité, ont rendu la vie impossible aux Célestes.

On sent visiblement, en pénétrant dans ce petit quartier, que les Chinois en présence de leurs terribles adversaires annamites, éprouve le besoin de se serrer les coudes, de s'entr'aider, de se soutenir dans la lutte économique pour eux d'un intérêt vital. Et, cependant, les résultats qu'ils obtiennent à Hanoi sont plutôt piètres.

Quel bel exemple pour les Cochinchinois que ce spectacle du « catiou » enfin dompté par l'Annamite! Tout ne dépend à mon avis, que d'une ferme volonté ; et la volonté naît presque toujours de la nécessité.

Or, en Cochinchine, on ne sait pas vouloir, on ne sait pas se soutenir, on n'a pas assez de suite dans les idées, pas assez de patience, de tenacité parce qu'on n'est pas assez malheureux pour sentir la nécessité immédiate de se libérer du joug économique de l'étranger.

Pour décider nos compatriotes cochinchinois à mener effectivement et victorieusement la lutte pour leur affranchissement de l'emprise chinoise, il faudrait, — mais je ne leur souhaiterais pas, — que la Providence leur fît endurer les mêmes misères, les mêmes souffrances, les mêmes privations que les Tonkinois.

On ne compte à Hanoi que 2.000 « catious », alors que dans Saigon-Cholon, ils sont au nombre de 200.000 ! Ces chiffres sont trop éloquents par eux-mêmes pour avoir besoin d'être commentés.

Nos « oncles », voyant qu'au Tonkin ils ne peuvent prétendre, comme en Cochinchine, à la main-mise sur le commerce et l'industrie locale, s'abstiennent de s'y fixer. L'immigration asiatique étrangère y est donc presque nulle.

Le quartier chinois se compose à Hanoi de la rue des Cantonnais, que nous avons déjà visitée, d'une partie de la Rue des Paniers et de la Rue des Voiles.

Cette dernière vous rappelle un coin du vieux Cholon. Les maisons y gardent la physionomie originale des villes asiatiques avec des balcons qui s'avancent sur la chaussée, des

Hanoi : Rue des Voiles

toits contournés séparés par des murs en escalier. Elle attire plus d'un Européen amateur d'exotisme, qui y est, d'ailleurs, l'objet de la plus grande curiosité.

Lorsque le visiteur est un lettré et qu'il note sur un calepin le caractère des enseignes, il est tout de suite entouré par une foule qui lui manifeste bruyamment son étonnement ou son admiration par des vifs commentaires entrecoupés de « hầu a ! » et d'éclats de rires inconsciemment inconvenants.

La Rue des Voiles renferme les deux restaurants chinois les plus renommés qui se parent des noms de « *Pavillon du Soleil nouveau* » et de « *Jardin de la Renaissance de l'Est* ». Ils sont tous les deux assez exigus. Ils ne sauraient être comparés, sous aucun rapport, aux grands restaurants de Cholon. Mais on y débite également des nids d'hirondelle, des ailerons de requins, des vessies de poisson, des œufs conservés dans de la cendre, des graines de lotus ou de courges, des seiches, des holothuries que l'on vient de temps à autre goûter par nostalgie de notre bonne ville de Cholon.

On trouve encore dans la Rue des Voiles de nombreux marchands de médicaments et d'épicerie chinoise portant les enseignes : «*Union des Amandiers*» — « *Paix humanitaire* ». — « *Accord humanitaire* ». — « *Aliments délicats de la Mer du Sud* » etc...

Il y a également plusieurs temples dont le «Miêu» des Saints du Pays, — et la Pagode du « Cheval Blanc» qui s'honore d'être la plus ancienne d'Hanoi.

Cette dernière pagode est dédiée à Cao-Biên, Gouverneur chinois du Tonkin au IXe Siècle. Elle a été, dit-on, préservée plusieurs fois miraculeusement des incendies. On y remarque des objets de culte très curieux en cuivre et en étain, deux beaux lustres de Venise et un énorme tambour dont le son grave jouirait du privilège d'éteindre les incendies. Enfoncés les pompiers !

A la Pagode du Cheval Blanc s'attache une vieille légende assez amusante que M. Lieutenant-Colonel Bonifacy a, d'ailleurs, très spirituellement racontée en 1922 dans l'*Avenir du Tonkin*. La voici :

« Au IXe Siècle, les différentes tribus du pays qui forment maintenant le Yunnam s'étaient agrégées sous le commandement d'un seul roi feudataire de la Chine. Ce Roi d'origine « tày » appartenait à la Famille Mông, encore fort nombreuse au Yunnam. Il appela son Royaume : Seigneurie du Sud, Nam-Chiêu ou Nam-Tchao. Son nom était Phong-Huu (secours abondant). Très entiché de la civilisation chinoise, il ne fut pas moins un ennemi acharné des Chinois qu'il combattit toute sa vie. Il envoya ses généraux conquérir l'Annam en 858, et, en 859, son Fils Thé-Long (Plénitude de famille) lui succéda et continua ses entreprises. L'Annam fut dominé complètement par lui jusqu'en 866.

C'est alors que Cao-Biên entra en ligne ; il était Gouverneur du Kouang-Si. Il marcha contre les gens du Nam-Chiêu, leur tua 30.000 hommes et fonda la Citadelle de Dai-La, dont les remparts sont encore visibles à l'Ouest de Hanoi.

La légende raconte que lorsque Cao-Biên cherchait la forme à donner à ses levées de terre, un cheval

blanc sortit tout à coup du Lac de l'Ouest (Grand
Lac des Buffles d'Or que nous avons déjà visité) et
prenant sa course, traça sur le terrain des lignes
fastes représentant un tigre assis et un dragon couché,
symbole de l'eau et de la terre. Cao-Bien suivit
cette ligne pour la construction de ses fortifications
qui devaient être inexpugnables.

Mais un jour qu'il se promenait au bord du Grand
Lac, il vit apparaître un nuage resplendissant des
cinq couleurs fondamentales, sur lequel était assis
un vieillard vénérable tenant en sa main un sceptre
d'ivoire. Par trois fois le vieillard s'abaissa vers la
terre, cependant que les étoiles brillaient au ciel
comme en pleine nuit. Cao-Biên fut saisi de terreur,
mais, la nuit suivante, le vieillard lui apparut, lui
dit qu'il était le Dragon de la Capitale, et promit
qu'il serait Roi.

Quelques années plus tard Cao-Biên se plaignit
aux magiciens qui l'entouraient de n'être plus visité
par les génies célestes ; les magiciens, pour le tran-
quilliser, lui firent une amulette dans laquelle en-
traient les trois métaux (or, argent et cuivre), mais
au cours d'un violent orage, la foudre frappa l'amulette et la volatilisa, présage extrêmement funeste.

En 875, l'Empereur Hi-Tsong, des T'ang nomma
Cao-Biên Gouverneur du Pays de Thuc (Seu tch'oan)
que le Nam-Chiêu attaquait encore ; il le battit plusieurs fois et finit par le forcer à demander la paix.
Le successeur du Thé-Long, nommé Long-Thuân,

obtint par traité une fille des T'ang comme épouse, mais ayant envoyé trois de ses ministres pour faire un nouveau traité, ils furent empoisonnés sur le conseil de Cao-Biên. Thuân privé de ses serviteurs fidèles ne remua plus et s'abandonna à tous les vices.

Cao-Biên délivré de ce souci, ne s'occupa plus que de magie. Il accorda ses faveurs à un sorcier nommé Lu Youngt-cheu qui écarta peu à peu de lui ses bons conseillers et en fit son jouet.

Un jour le sorcier grava sur une pierre, en caractères étranges : Ngoc-Hoang (l'empereur de Jade ; Souverain du Ciel) et donna ce gage de sa faveur à Cao-Biên. Celui-ci en pleura de joie d'autant plus que son sorcier lui dit que bientôt les grues et les argus, messagers du souverain Céleste, allaient venir le chercher pour lui permettre de prendre possession, dans l'Empyrée, du siège qui lui était préparé.

Cao-Biên, quoique bon cavalier, fut un peu effrayé à l'idée de chevaucher une grue pour monter au ciel. Il en fit faire une en bois qu'il enfourcha chaque jour en faisant de la voltige. On raconta qu'il était toqué et le magicien lui dit que si les envoyés célestes tardaient à venir, c'est parce qu'on répandait sur eux et sur lui des bruits inconvenants. Cao-Biên, tout en continuant ses exercices à grue, vécut dorénavant en ascète, renvoya ses femmes, astreignit ses officiers à des purifications sévères avant de les admettre en sa présence, fit si bien qu'il finit par abdiquer tout pouvoir en faveur de Lu Yountcheu. Celui-ci en abusa, comme tout bon favori, surtout s'il est chinois. Il poussa le peuple à la révolte et les grues n'ayant pas paru, Cao-Biên fut massacré avec toute sa famille, en 886, et jeté dans la fosse commune.

Les lettrés épiloguèrent sur son cas. Il avait fait exécuter autrefois un innocent avec toute sa famille. Au moment de mourir, la femme de celui-ci lui avait prédit, en punition, une mort semblable à la sienne. On trouva même qu'il n'avait pas assez expié car il avait fait périr des milliers de personnes innocentes pendant sa vie.

Mais les Annamites ignorent, je suppose, ces particularités de la fin de leur Génie, ou bien ils veulent l'ignorer, ne retenant que les bienfaits reçus de lui. Cela prouve en faveur de leur reconnaissance que d'aucuns mettent en doute. Mais cette histoire doit nous servir d'exemple. Les sorciers sont légion, à Paris surtout, la ville lumière. S'ils ont renoncé à nous conseiller l'équitation à dos de grue pour monter au Ciel, ils savent fort bien nous soutirer notre argent et faire de nous leurs dupes.

La crédulité humaine change de forme, elle n'en subsiste pas moins. Faut-il le déplorer ? L'homme vit surtout d'espérance et d'illusion. Sont ils coupables ceux qui l'aident à chevaucher ses chimères, et qui l'encouragent à supporter les ennuis du présent en escomptant les félicités, — qui ne se réaliseront peut-être jamais, qu'importe, — d'un avenir enchanteur ».

*
* *

La Rue des Voiles aboutit à la Rue des Pavillons noirs après avoir croisé, au passage, la Rue des Pommes de terre qui mène au Marché de Riz.

Dans tout ce quartier essentiellement asiatique, une très forte odeur d'urine prend le voyageur au nez.

De temps à autre, par une porte entrebaillée, on peut apercevoir la profondeur immense des habitations, et surprendre un tableau familial : des « nho » malpropres, aux visages barbouillés, aux ventres énormes, se vautrant sur le sol ; des congaïes raccomodant leurs vêtements ou fabriquant de la dentelle ; à côté, des ouvriers confectionnant des chaussures ou des chapeaux ; des menuisiers achevant un bahut artistique ; des ferblantiers rafistolant des ustensiles de ménage dans un même local que des bourgeois se balançant paresseusement dans des berceuses genre Thonet fabriquées au Tonkin ou fumant tranquillement leur pipe à eau...

Le voyageur s'étonne de trouver dans un même compartiment plusieurs catégories d'habitants dont les métiers diffèrent entre eux trop sensiblement. S'il en demande l'explication à son guide, celui-ci sera, à son tour, surpris d'être interrogé à se sujet.

— Comment, dira-t-il en ouvrant de grands yeux étonnés, chez vous, en Cochinchine, les compartiments ne donnent donc pas asile à plusieurs locataires ?

— Quelquefois, mais ce sont alors des garnis, et chaque occupant a son appartement particulier nettement séparé des autres tout au moins par des cloisons.

— Ici les cloisons sont le plus souvent jugées inutiles. Elles sont théoriques ou conventionnelles : un simple store en fait alors l'office ; et les lits se touchent presque toujours.

Loulou intervient :

— Les compartiments se divisent à Hanoi en plusieurs parties : il y a d'abord la devanture (cửa hàng) sorte de vérandah habituellement occupée par un commerçant ; viennent ensuite le « nhà trong » (appartement intérieur), le « nhà sau » (appartement postérieur) et les « gát » (étages). Chaque partie se loue à part. La cuisine et les cabinets sont communs. Tenez, voyez cet écriteau : Cửa hàng cho thuê » (devanture à louer) sur ce compartiment qui est cependant habité.

— On est donc bien nombreux dans chaque maison?

— Les Hanoïens vivent comme les Chinois ; ils s'entassent comme ils peuvent dans de petits compartiments dont ils se partagent le loyer.

Mais mon attention a été attirée depuis un moment par quatre congaïes qui, revenant du marché avec leurs charges de fruits et de légumes, s'arrêtent tout à coup à une cinquantaine de mètres de notre groupe, déposent leurs paniers au milieu de la chaussée, retroussent les manches très larges de leurs pantalons et s'immobilisent dans une pose rappelant celle « du lanceur de disque ».

Je hasarde une question :

— Dis, Loulou, que font-elles donc ces femmes?

— Rajuste tes lunettes, répond mon ami qui s'esclaffe, tu ne vois donc pas qu'elles font pipi ?

— Comment? Ces congaïes font pipi au milieu de la rue, devant tous les passants, et... debout?

— Elles ne font pas attention aux passants qui ne les regardent même pas ayant l'habitude de ces sortes de spectacles. Quand à cette rue, elle n'est pas la seule où l'on pisse... Tu as d'ailleurs bien vu, en sortant du marché de Dong-Xuân le ruisseau infect qui coule dans la rue des Tubercules?

— Mais, dis-je encore très intrigué, pourquoi font-elles ça debout ?

— Tu as vraiment besoin d'apprendre! Au Tonkin, les femmes ne s'asseyent pas pour satisfaire ce petit besoin de la nature. Tu oublies donc les trois vers composés par les Annamites de Hué pour caractériser le Tonkin ?

Nhà không chái (les maisons n'y ont pas d'abattis).

Đái không ngồi (on n'y pisse pas assis).

Nồi không quai (les marmites n'y ont pas d'anse).

— J'ai eu l'occasion d'entendre ces trois vers qui remontent, je crois, au temps des luttes épiques entre les Nguyên et les Trinh ; mais je n'y ai pas prêté une plus grande attention.

— Tu as pu te rendre compte qu'au Tonkin les maisons sont toutes à pignons; tu as vu ces femmes pisser debout. Viens chez moi, je te ferai voir mes marmites; elles n'ont pas d'anses. Les fondeurs les fabriquent toujours ainsi et refusent de les faire autrement.

Mais en bavardant nous arrivons dans la Rue du Pont-en bois. A l'angle que forme cette artère importante avec la Rue des Radeaux, Baby attire notre attention sur un écriteau à caractères très gras cloué ce sur le mur. On y lit ces deux mots: «Cấm Đái» (défense d'uriner) mais, ô ironie, juste au pied de ce mur, une flaque d'eau verdâtre d'origine non douteuse, indique que les passants n'ont pas tenu compte de l'interdiction du propriétaire de l'immeuble. Celui-ci aurait inscrit sur sa plaque: « Prière d'uriner ici » qu'il n'aurait pas obtenu un meilleur résultat!

— Heureusement qu'il y est défendu d'uriner, dit malicieusement Loulou, autrement on aurait pu y naviguer!

— Mais le règlement de police et de voierie?...

— Les Indigènes s'assoient dessus. La police ne peut rien contre eux.

— Comment cela? Elle ne leur dresse donc pas de contraventions?

— De temps à autre, un agent conduit au Poste de police un indigène surpris en train de satisfaire ses besoins sur le trottoir ou un habitant ayant laissé des débris s'accumuler devant sa porte.

— Et alors ?

— Alors, comme partout ailleurs, le Commissaire de police inflige au contrevenant l'amende habituelle de 0$40.

— Je ne vois pas . . .

— Attends, j'y arrive. Le contrevenant répond invariablement : « Je n'ai pas le rond. Mettez-moi en prison si vous le voulez ; je ne peux pas payer. »

Et le Commissaire de police se résigne en maugréant à rédiger son procès-verbal et toute la paperasserie qui s'en suit pour déférer notre individu devant le Tribunal de simple police.

— Qui le condamne naturellement ?

— Toujours. Mais le délinquant fait sa peine avec plaisir. Il est sûr, en effet, durant ces quelques jours passés à l'ombre, d'être nourri et logé mieux que chez lui. Quant à verser l'amende et les frais, bernique !

— En effet, les Tonkinois très pauvres tiennent plus à leur argent qu'à tout autre chose.

— Et comme tous les indigènes de la basse classe formant les 9/10 de la population, se refusent également à verser les amendes qu'on leur inflige, nous arrivons à ce résultat paradoxal : la police ne peut rien contre eux en matière de voierie, à moins d'encombrer les prisons de contrevenants qu'on serait obligé de nourrir à grands frais.

En Cochinchine, c'est le contraire. Les indigènes

paieraient tout ce que l'on veut pour ne pas mettre le pied en prison.

— A Hanoi, les Tonkinois, par leur force d'inertie, ont mis la police urbaine en échec. Ils continuent à uriner où bon leur semble et à accumuler des immondices dans les rues. Leur pauvreté est une force !

XVII

L'été au Tonkin
La probité des domestiques
Les Ba-Gia en Jupons

Le mois de juin marque le commencement de la saison des grandes chaleurs qui durent jusqu'à la fin de septembre.

Un soleil implacable darde sur Hanoi ses rayons brûlants qu'aucun souffle ne vient tempérer ; dans les arbres touffus bordant les grands boulevards, d'innombrables cigales modulent interminablement leur jasement qui devient affolant à la longue ; au bord du Grand Lac où l'on vient, le soir, chercher un peu de brise, les crapauds-buffles hululent leurs obsédantes lamentations.

L'air est surchargé d'électricité ; les hommes deviennent nerveux sans cause ; les animaux domestiques ont l'air abattu ; tout, dans la nature semble accablé et las de vivre.

Pour chasser le spleen, autant que pour fuir l'ambiance d'une atmosphère de fournaise que l'on subit chez soi, pendant toute la journée, on se rend, à la tombée du soleil, au café où l'on espère trouver, avec un peu d'air sous les ventilateurs, quelques distractions qui permettent de calmer son énervement et de passer agréablement le temps. Mais là, non plus, on ne trouve point l'Eden rêvé.

Dans le hall du Grand « Métropole », aux terrasses du « Coq d'Or » ou de « Hanoi-Hôtel », à « Terminus » comme à « La Paix », une foule d'Européens s'entassent autour des tables, devant des consommations glacées.

Les mouchoirs épongent sans relâche des fronts ruisselants de sueur ; les faux-cols empesés retombent flasques sur des vestons ou des dolmans que personne ne songe plus à boutonner ; les visages sont mornes et les bouches silencieuses . . .

De leur côté, les dames ont revêtu leurs robes les plus légères ; elles agitent désespérément leurs éventails qui n'arrivent plus à les rafraîchir, et, sur leurs faces poudrées, la sueur trace verticalement de grands sillons.

Les ailes des ventilateurs ne fouettent d'ailleurs plus qu'une buée surchauffée à laquelle vient se mêler la lourde et âcre fumée de tabac.

Nous nous casons, tant bien que mal, dans un coin de la terrasse de Hanoi-Hôtel. Les consommateurs, tous Européens, nous dévisagent avec curiosité.

C'est qu'au Tonkin, l'apparition d'un client indigène à la terrasse d'un café ou dans la Grande salle d'un Restaurant est un évènement sensationnel !

Un sous-officier, près de notre table, exprime à haute voix son étonnement :

— Des Annamites, ici ?

Un collègue lui réplique :

— Ça doit être des princes ou des grands mandarins.

Mais un vieux fonctionnaire rectifie :

— Non, Messieurs, ce sont sûrement des Saigonnais. Je les reconnais à leur allure dégagée...

Laissant nos voisins se poser des devinettes au sujet de notre origine et de notre identité, nous entamons tranquillement une partie de manille en sirotant notre apéritif glacé.

De temps à autre des exclamations partent de diverses tables ;

— Dieu ! qu'il fait chaud !

— C'est pire que dans la Mer Rouge !

— On se croirait à Djibouti !

Moi qui n'ai connu ni Djibouti, ni la Mer Rouge, je me contente de confesser qu'il fait plus chaud qu'à Saigon pendant la saison sèche. Un thermomètre accroché au mur, près de nous, marqre d'ailleurs 40°

Mais un à un, les consommateurs se lèvent et quittent le café, où le séjour n'est plus tenable ; ils se dirigent vers le Petit Lac, vers le Fleuve Rouge, où règne une atmosphère plus supportable. Nous faisons comme eux, fuyant cet air chaud saturé de tabac dans lequel nous étouffons.

— Allons nous promener, dit Loulou.

— Prenons des voitures, suggère Baby, je ne peux plus me traîner avec cette chaleur suffocante.

— Des voitures de louage à Hanoï ? Vous pouvez les chercher pendant longtemps. Pour en avoir, il faudrait aller dans les garages où même on n'est pas sûr d'en trouver à tout moment. Sachez qu'ici, en dehors du démocratique tramway, on doit se contenter, pour ses promenades ou ses courses, du vulgaire « caoutchouc » ou de l'infect « choléra ».

Les coolies-xe qui, de l'autre côté de la rue, guettent la sortie des consommateurs, se précipitent à notre rencontre dès notre apparition sur le trottoir et se disputent l'honneur très intéressé de nous véhiculer.

Loulou nous conseille de prendre immédiatement les quais. Nos vigoureux tireurs nous y conduisent rapidement en empruntant la petite rue France qui longe la façade latérale du Théâtre.

Un grand nombre de promeneurs nous y ont devancés : autos, victorias, cabriolets, caoutchouc, chevaux de selle, bicyclettes,... vont et viennent soulevant des nuages de poussière blanche.

— Hanoi, malgré son titre de Capitale de l'Indochine, possède un service d'arrosage public très défectueux, explique Loulou. Ce service est assuré, tant bien que mal, par quelques primitifs tonneaux traînés par de bœufs étiques. (1)

— Nous avons à Saigon des arroseuses automobiles depuis plusieurs années, tandis qu'ici...

— La Municipalité d'Hanoi est en pourparlers pour en acheter une, mais je crois que de toute façon nous mangeons ici plus de poussière qu'à Saigon.

— Comment cela?

---

(1) Cet ouvrage a été écrit en 1922. Depuis lors la Municipalité d'Hanoi a fait l'acquisition d'arroseuses automobiles.

— Vous ne remarquez donc pas cette matière terreuse qui recouvre la chaussée des rues ? En hiver elle se transforme en boue et en été elle devient une poudre fine qui s'envole au moindre souffle, s'insinue dans vos vêtements, entre dans votre nez et dans vos yeux, et, lorsque vous transpirez, s'incruste dans les pores de votre épiderme...

— Et cependant les rues d'Haiphong sont excellentes !

— On ne manque pas de bon sable à Haiphong tandis que le sable que l'on emploie pour l'empierrement des rues d'Hanoi est plutôt de la terre en poudre.

Nous voici sur la Digue Parreau. Le « Tout-Hanoi » s'y donne rendez-vous le soir de 5 à 7 heures.

On y jouit, avec un peu de fraîcheur, de magnifiques points de vue qui varient à chaque lacet de la route. Les frondaisons des grands arbres forment, le long de cette digue, un mélange harmonieux de nuances qui varient du vert le plus sombre au vert le plus clair, et sur lequel tranchent harmonieusement, par endroits, des tonalités d'or ou de rouille.

Enfouies dans un décor de banians centenaires et de grands filaos, apparaissent les façades blanches des pagodes aux toits incurvés qui donnent à l'ensemble du paysage un caractère très original. A certains coudes des hameaux annamites se découvrent avec leurs huttes en torchis; avec leurs enceintes de bambous ou de buissons épineux; avec leurs buffles massifs à l'aspect terrifiant qui obéissent cependant très docilement aux petits « bé-con » juchés sur leur dos ; avec ses vergers aux branches surchargées de fruits succulents ; avec ses fleurs variées aux senteurs délicates et pénétrantes...

Le soleil, à notre droite, décline vers l'horizon qu'il empourpre de ses feux ; l'ombre des grands arbres s'allonge sur des champs couverts à cette époque d'une moisson dorée ; les rives du Grand Lac au loin s'estompent délicatement ; dans un radieux embrasement le jour s'enfuit tissant sur cette terre un voile de soie nuancée successivement du ton de feu le plus violent jusqu'au mauve le plus tendre. C'est la magnifique apothéose des couchants d'Asie.

Nous croisons sur cette digue nombre de congaïes qui reviennent du marché avec, aux bouts de leur balancier, des paniers remplis de letchis (trái vải) à la chair tendre, douce et parfumée. Les grandes chaleurs ont décidé ces jeunes filles à entr'ouvrir leurs robes, laissant deviner sous de minuscules cache-seins blancs, un plastique remarquable.

Leur démarche légère, rapide et rythmée font s'agiter sous la guimpe leurs formes harmonieuses que n'emprisonne aucun corset, et qui auraient séduit le célèbre Rodin, comme autrefois les danseuses du Roi Sisowath.

Loulou les arrête au passage pour leur acheter des letchis et des « œils-de-dragon » (nhan long).

— Ça ne coûte que deux ou trois sous la douzaine, dit-il. On en trouve tant que l'on veut au commencement de l'Eté.

-- Pas possible ! s'exclame Baby. Nous les payons 1$50 le kilo à Saigon.

— Les Chinois vendent les letchis très cher à Saigon en chantant qu'ils les font venir de Hongkong. Tenez vous en avez ici tant que vous voudrez.. et presque pour rien !

— C'est comme les fraises, on les paie à Saigon 2$00 le kilo. J'en ai acheté en hiver dernier, sur le trottoir de la Rue Paul Bert, à 0 $15 le Kilo.

— Et les pêches ! Dans quelques jours je vous en ferai manger, ajoute Loulou. Jamais, de leur vie, les Saigonnais qui ne bougent pas de leur trou ne peuvent avoir le plaisir de goûter ces fruits délicieux, qui se conservent très difficilement et qu'il n'est pas possible d'exporter autrement qu'en boîte.

— Les pêches fraîches, ajoute Nestor, sont autrement bonnes que les pêches au sirop. Vous aurez d'ailleurs l'occasion de les apprécier bientôt.

La nuit commence à venir lorsque nos « caoutchouc » nous déposent au bord du Petit Lac où un spectacle imprévu et très pittoresque nous attendait.

Des petites tentes très légères semblables à celles des marchands de fruits, qui existaient jadis dans la Rue Vannier à Saigon, et qui ont été depuis remplacées par des éventaires en bois, se dressent tout autour de la pièce d'eau. Elles sont envahies par une foule d'indigènes qui, n'ayant pas les moyens de se payer une promenade en pousse-pousse, viennent ici chercher un peu d'air en buvant des rafraîchissements à bon marché.

Entre les tables et les tabourets placés un peu partout dans cet immense jardin public qu'est le square circulaire, des jeunes et accortes congaïes circulent, jasent et rient bruyamment, suivies de près par des étudiants, en sortie hebdomadaire, et sans doute en quête d'une bonne aventure.

A la foule déjà très dense des indigènes, se mêlent bientôt des Européens revenus de leur classique promenade sur la Digue et que la Chaleur a de nouveau chassés de chez eux.

Les marchands de bière et de limonade vendent, vendent sans relâche ; le bruit des verres qui s'entrechoquent couvre les conversations d'ailleurs entrecoupées, par intervalles, par les cris des « bé-con » qui chantent la réclame de leurs marchandises ; les sorbetières tournent sans cesse dans les barillets de glace en produisant leur interminable ronron...

De temps à autre, une voix aigüe s'élève au-dessus du brouhaha général :

— Tchéco ! Tchéco !

Loulou réplique invariablement chaque fois : « Slovaquie ! Slovaquie !

Intrigué, je demande à Nestor :

— Que vend donc cet homme de Tchéco-slovaquie ?

— Du sorbet, pardi !

— Pardi !.. comme tu es bon ! Tu crois que j'ai pu deviner que « Tchéco » signifie sorbet à Hanoi ?

— Moi, non plus, confesse Nestor. Je n'ai jamais compris pourquoi les Tonkinois crient « Tchéco » pour désigner ce qu'ils baptisent « crème glacée » comme tu peux le constater sur leurs pancartes.

— Les « catious » à Saigon sont plus facilement compris quand ils crient « xa lem ». Au moins ça se rapproche de crème !

— C'est comme les marchands de cacahuètes. A Hanoi, où il n'y a presque pas de Chinois, les gosses crient : « Bá-Xạn » mots qui signifierait pistache en chinois, alors qu'en Cochinchine le marchand « catiou » dit bien « Đậu-phọng-rang » en annamite.

Mais sept heures viennent de sonner à la Cathédrale. Nous quittons le Petit Lac qui prend maintenant l'aspect d'une grande kermesse avec des lumignons allumés à tous les kiosques. Nous rentrons dîner.

Le temps est toujours très lourd ; la chaleur reste étouffante malgré que le soleil se fût couché depuis deux heures.

A table, nous sommes tous en nage ; l'épuisement provoqué par une transpiration trop abondante nous coupe l'appétit, aussi nous buvons plus que nous ne mangeons.

Loulou, surtout, a soif. Il fait une consommation exagérée de bière sans arriver à se désaltérer.

Baby ne se sentant pas en mesure de prendre un

nouveau verre de bière. demande de l'eau glacée. Mais Loulou s'y oppose énergiquement.

— Jamais, je ne vous laisserai boire de l'eau, Madame.

— Pourquoi ?

— Parce qu'elle n'est pas bonne. Regardez ce dépôt blanc au fond de la carafe. Vous vous rendriez malade. Buvez du Vichy ou autres eaux minérales.

Et Loulou nous explique le fonctionnement de l'Usine des Eaux de la Capitale :

— Hanoi est approvisionné en eau douce par une immense nappe souterraine située à 50 mètres environ de profondeur sous la ville même. Cinq puits travaillent en permanence à élever les eaux qui sont très ferrugineuses. Elles doivent être d'abord débarassées de l'oxyde de fer qu'elles contiennent ; elles sont ensuite filtrées sur le sable puis conduites par des pompes élévatoires dans les réservoirs de distribution.

Malgré ces multiples opérations, l'eau d'Hanoi garde toujours une partie d'ailleurs très faible des substances chimiques qui ont servi à son épuration et ce sont ces substances qui se sont déposées au fond de votre carafe ; ce sont ces produits chimiques qui recouvrent l'intérieur de vos bouilloires d'une couche plus ou moins épaisse d'une certaine matière calcaire rappelant le ciment.

Ne buvez donc pas trop d'eau fraîche dans les premiers temps de votre séjour à Hanoi. Habituez-vous y petit à petit.

— Certains Européens, ajoute Nestor, ne mettent même pas de la glace dans leurs boissons, mais ils les font seulement frapper où ils les conservent dans des glacières pour les rafraîchir. La glace étant fabriquée avec l'eau d'Hanoi, ils craignent, en effet, qu'elle garde, elle aussi, la trace des substances chimiques.

Notre repas s'achève. Loulou et Nestor qui fondent en sueur prennent congé de nous pour parcourir de nouveau la Ville en pousse-pousse, ne pouvant dormir avec cette chaleur caniculaire.

Nous nous retirons. Baby et moi, sur le toit plat de notre maison que le boy a lavé à grande eau dès 5 heures du soir, et nous nous installons chacun sur une chaise longue, essayant de demander au sommeil l'oubli des fatigues de la journée.

Mais il nous est impossible de fermer les yeux; une vague de chaleur nous arrive, par bouffées, de la terre surchauffée pendant le jour, et qui, maintenant « respire ».

Les feuilles des tamariniers bordant la route, si légères qu'un souffle d'enfant les ferait vibrer, restent désespérément immobiles; au firmament de gros nuages noirs stagnent, alourdissant l'atmosphère; des éclairs de chaleur zèbrent le ciel mais n'arrivent pas à crever l'orage menaçant.

Ah! chers lecteurs, n'allez jamais au Tonkin pendant l'Eté !

Il fait chaud à Saigon, dites-vous ? Cela est exact, mais la température à Hanoi, en juin-juillet-août, dépasse encore les plus fortes chaleurs de Cochinchine pendant la saison sèche.

A Saigon les nuits sont fraîches, et dès le crépuscule on peut espérer délasser son esprit et calmer son énervement par quelques heures passées en plein air, tandis qu'à Hanoi, il fait chaud et lourd la nuit comme le jour. Ce n'est que vers 4 à 5 heures du matin que l'on peut s'assoupir un moment avant de reprendre le labeur de la journée.

Mais les Européens, demandez-vous, comment peuvent-ils vivre avec une pareille température ?

Les Européens, Chers Saigonnais, ont le Tam-Dao ; ils ont Doson ; ils ont Chapa, le mont Bavi, le Yunnam... ou autres stations estivales où ils se rendent à tour de rôle. En été, la moitié du personnel est ainsi en vacances.

Cinq heures du matin. Très énervé après une nuit d'insomnie, je m'accoude à ma fenêtre pour jeter un coup d'œil dans la rue, ne sachant que faire. Le soleil, malgré cette heure matinale, est déjà levé ; les boutiques commencent à s'ouvrir ; les « caoutchouc » et « choléra » se traînent indolemment à la recherche des clients : les tramways électriques descendent l'Avenue du Grand Bouddah avec leur tintamarre habituel.

Tout à coup mon attention est attirée vers une groupe de « ba-gia » en jupon qui portent chacune une charge de deux paniers soigneusement couverts, et qui traversent en courant le Square pour s'engager dans la Rue de Takou.

— Regarde ces vieilles, dis-je à Baby, que vendent-elles donc ?

— Je ne sais pas mais je constate qu'elles quittent notre quartier tous les matins à la même heure pour s'engager dans la rue de Takou.

— Vraiment ces « ba-gia » en jupon m'intriguent. Appelle-les pour voir.

Baby descend au rez-de-chaussée et interpelle une de ces vieilles qui viennent de quitter la Rue du Charbon. Mais la « ba-gia » prise sans doute de peur, s'enfuit. Les autres vieilles, à leur tour, se mettent à courir de toutes leurs jambes maigres comme des flageolets pour s'engouffrer dans la Rue de Takou non sans jeter de temps à autre vers nous un regard où se devinent la crainte et l'inquiétude.

Mais voici que mon voisin — un brave tri-phu en retraite — met son nez dehors. Après l'avoir salué, je le prie de me dire ce que vendent ces femmes en jupon.

Le vieux mandarin paraît scandalisé de ma question qu'il prend sans doute pour une plaisanterie, aussi je n'insiste pas et referme ma fenêtre.

Baby, de son côté, s'apprête à sortir. C'est, en effet, aujourd'hui dimanche. Elle doit aller à la Messe au Carmel de bonne heure enfin de revenir assez tôt pour me permettre de me rendre à mon tour à la Cathédrale à 8 h. 30.

Baby partie, je prends mon café, je fais ma toilette et je m'habille.

Au dehors les marchands ambulants commencent leurs cacophoniques antiennes.

Mon bêp timidement s'approche de moi et m'annonce qu'il n'a plus de riz. Il me demande de l'argent pour en acheter.

A ce moment il me revient à la mémoire les recommandations de notre amie Mme K... qui, ayant vécu plus de 20 années à Hanoi, connaît parfaitement la mentalité des boys tonkinois.

— Tu feras acheter le riz par Madame, dis-je à mon domestique.

— Vàng, fait le bêp avec une grimace.

Il me fait un salut et disparaît dans la cuisine. Il revient néanmoins cinq minutes après me dire avec des yeux larmoyants :

— Monsieur, avant-hier, Madame m'a remis 0$60 seulement pour le marché, et, à mon retour, elle m'a demandé pourquoi je ne lui ai pas rapporté des provisions pour 0$80.

— Qu'est-ce que tu chantes là ?

— Vrai, Monsieur, je le jure devant le Génie, Madame a prétendu m'avoir remis 0$80, mais je n'ai eu que 0$60 en mains.

— Tu sais compter pourtant !

— J'avais oublié de compter.

— Et hier, tu as également rapporté des provisions pour 0$60 alors qu'avant de t'en aller au marché Madame t'avait bien remis 0$80 devant moi.

— ! ?

— Tu dois t'en rappeler... Je t'ai fait compter devant moi.

— Je ne m'en souviens pas. J'ai fait peut-être tomber 0$ 20 en entrant aux Halles. J'ai beaucoup perdu sur le marché depuis un mois... Je vous fait cent lays ; remboursez-moi une piastre quarante et le Ciel et Bouddah vous béniront.

— Tu me rases avec tes lays et ton Bouddah ! Tu me prends pour une poire, n'est-ce pas ?

— Vâng !

— Comment tu oses reconnaître que tu te paies notre tête ? Tu es un insolent, un voleur !

— Vâng !

— Tu nous as ignoblement roulés.

— Vâng !

Enervé par une nuit d'insomnie, exaspéré par la mine stupide et le culot de mon bêp, je me dispose à lui tirer les oreilles lorsque Baby revient de la Messe.

En entrant, elle rit à gorge déployée.

— Ah, Michel, dit-elle, je sais maintenant ce que vendent les femmes en jupon.

— Tu es bien calée !

— Devines un peu !

— Tu m'agàces. C'est à ton tour maintenant de prendre un air mystérieux ?

— Dis un peu, voir ?

En colère je lui crie un mot violent que je regrette aussitôt :

— Cambronne !

Mais au lieu de se fâcher, Baby rit de plus belle :

— Tu l'as dit... Ces « ba-gia » en jupon vendent de la marchandise de Dang-Kiêt (1).

— Comment cela ? fis-je amusé de la tournure que prend la conversation.

— J'ai fortuitement, en allant au Carmel, assisté aux transactions qui ont eu lieu dans la Rue Julien Blanc derrière la Cathédrale. Ces braves femmes échangent le contenu odorant de leurs paniers contre de la monnaie.

— Et où prennent-elles leur marchandise ?

— Dans tous les compartiments. Chez nous aussi peut-être puisque j'ai entendu le bêp ouvrir toutes les nuits. Demande-le lui, tu verras bien.

Mais le bêp ayant écouté notre conversation s'est prudemment éclipsé. Je l'appelle :

— Bêp !

— Da !

— Tu as ouvert la maison cette nuit, hein ? A qui ?

— Ce n'est pas vrai. Je prends le Génie à témoin...

— Menteur ! Laisse ton Génie tranquille. J'ai tout entendu. Cette nuit à trois heures des femmes ont frappé à la porte en criant : « Đồ thùng nhé » Tu leur as ouvert. D'ailleurs il est facile de vérifier en visitant le cabinet.

---

(1) Entrepreneur de vidanges à Saigon.

Je fais le geste de me diriger vers les dépendances. Le bêp convaincu de sa faute se jette à mes pieds et avoue avoir vendu le « produit de la journée de la veille ».

— Ces femmes m'ont donné deux sous, et elles ont lavé et badigeonné l'intérieur du pavillon.

— Ces boys font monnaie de tout. Ils vendent des verres cassés, des tessons de bouteilles, des boites de conserves vides, des plumes de volaille et jusqu'au résidu de la digestion...

— Effectivement, dit Loulou qui vient d'entrer avec Nestor, des marchandes passent et ramassent tous les débris, toutes les ordures ménagères.

— Qu'en font-elle ?

— Je n'en sais rien, mais elles en trouvent certainement une utilisation avantageuse puisqu'elles les achètent. Au Tonkin, rien ne se perd, pas même les feuilles sèches que les femmes ramassent tous les jours dans les rues, facilitant ainsi le travail des cantonniers.

— Mais si mon bêp vend aux « ba-gia » en jupon le produit de mon cabinet pourquoi paierai-je alors mon abonnement à M. X... entrepreneur des vidanges ?

— M. X... dit Loulou, c'est le vidangeur officiel. Il figure au contrat, il palpe 0$50 par compartiment et ne fait presque rien. Ces « ba-gia » se chargent de la besogne au grand bénéfice des boys. Ça se passe ainsi dans la plupart des maisons...

— A ce compte là je soumissionnerai à la prochaine adjudication, interrompt Nestor. Je serai riche en peu de temps...

— D'autant plus que le contenu de quelques rares tinettes enlevées par l'entrepreneur dans la Ville française est vendu tous les matins dans la Rue Julien Blanc.

— Où précisément j'ai assisté aux transactions en passant dans mon pousse-pousse, dit Baby.

— Je connais plusieurs personnes qui se sont enrichies en exploitant le service des vidanges d'Hanoi qui est beaucoup moins pénible que celui de l'innénarrable Dang-Kiêt à Saigon, et qui, jamais, n'a donné lieu aux procès-verbaux de police, la marchandise étant très consciencieusement enlevée toutes les nuits, et les cabinets lavés et badigeonnés.

— Mais que font donc les indigènes avec ces ordures ?

— Ils fument je crois leurs rizières. Vous pourrez le voir d'ailleurs sur la route de Hadong.

J'interromps à ce moment mes amis pour dire à ma femme de remettre de l'argent au bêp pour son marché.

— Il m'a demandé 2 piastres de plus pour acheter du riz. Il paraît qu'il n'en a plus.

— Et tu les lui a remises ?

— Non ! Je lui ai dit de t'attendre.

— Tu as bien fait, parce qu'avec 2 $ 00 il n'en

achètera que pour 1$50 comme la dernière fois. Je vais faire venir la marchande à la maison.

— Vous n'empêcherez rien, dit Loulou. Il s'arrangera avec la marchande pour avoir sa commission.

— Les boys sont terribles au Tonkin pour la question d'argent, souligne Nestor. Ils trichent tant qu'ils peuvent, ils vendent tout ce qu'ils trouvent à la traîne et ils font ensuite l'idiot pour vous faire croire qu'ils sont trop bêtes pour être malhonnêtes. Méfiez-vous en !

— J'en connais, dit Loulou, qui vendent les chiens de leurs maîtres aux restaurateurs et qui viennent en déclarer la perte avec un aplomb incroyable.

— Mme K... surenchère Nestor, m'a raconté ce fait invraisemblable dont cependant elle garantit l'authenticité !

« J'avais un gros épagneul que j'aimais beaucoup, et qui venait de crever. Mon boy Z... m'a demandé l'autorisation de débiter sa viande. J'ai naturellement refusé et j'ai ordonné d'enfouir l'animal.

Le lendemain mon mari, pris de soupçon, est venu voir la tombe de son chien. Il s'est aperçu que la terre avait été fraîchement remuée et que des traces de pas d'hommes se trouvaient autour du tumulus.

Poussé par la curiosité il a fait donner quelques coups de pioche et a constaté que le cadavre du chien avait disparu. Il avait été probablement volé pendant la nuit par le boy pour être vendu aux restaurateurs ».

— Oh !

— Le boy a naturellement juré sur tous les Génies qu'il ne savait rien de l'aventure. Mais le fait est là patent, irrécusable : quelqu'un avait volé et vendu ou mangé le cadavre de l'épagneul.

— Retenez bien ceci, dit Loulou, en manière de conclusion. Au Tonkin, toute la devise du peuple est comprise dans ces mots : « Se faire de l'argent par n'importe quels moyens ». Sachant cela vous aurez l'explication de bien des choses qui vous paraissent mystérieuses.

XVIII

Les plaisirs d'Hanoi
Les théâtres annamites
Les chanteuses « nhà-trò »

Nos amis viennent nous prendre ce soir pour nous emmener au Théâtre « Quản-Lạc ».

Pendant que Baby fait sa toilette, Loulou m'entraîne dans la Rue et me dit à l'oreille :

— Nous allons caser nos femmes au « Quản-Lạc », et nous irons ensuite visiter, à leur insu, le « Hanoi-curieux ». Il faut bien que tu vives ton Tonkin surtout si tu as l'intention d'écrire tes souvenirs de voyage.

Nous arrivons au Théâtre vers neuf heures. Le spectacle a commencé depuis un moment, mais une foule se presse encore au guichet pour enlever les derniers billets.

Loulou qui avait déjà dans sa poche deux billets de premières achetés dans l'après-midi, fait semblant de s'approcher du bureau de location en jouant des coudes et des poings. Il revient bientôt déclarer à nos compagnes qu'il a dû se disputer pour avoir les deux seules places qui restaient à vendre, et qu'il s'est vu dans la nécessité d'acheter pour nous autres, hommes, des billets de circulation à 0 $ 20.

Nous entrons. Avec un sérieux imperturbable, Loulou qui est un pince-sans-rire, va placer les dames puis revient vers nous en se frottant les mains :

— Ça y est, le tour est joué. Nos femmes sont installées; elles ne s'ennuieront pas parce qu'elles ont comme voisines Mme K... et Mme N... qui leur tiendront compagnie. Nous sommes donc libres jusqu'à minuit. Filons !

Mais le rideau vient de se lever sur le 2e Acte. Je prie mes amis qui me pressent de sortir de m'accorder quelques minutes. Je veux, en effet, me rendre compte de l'évolution du Théâtre annamite au Tonkin.

Les pièces jouées ne sont pas du « Cải-Lương » mais de l'ancien « Hát-Bộ » dont la mise en scène est cependant réglée à l'européenne avec des décors, avec des accessoires non plus primitifs et conventionnels comme jadis ; mais modernisés et plus conformes à la réalité ; avec même des « trucs » qui procurent aux spectateurs une suffisante illusion.

On sait que le « Hát-Bộ » tel qu'il se joue encore en Cochinchine n'est qu'un défilé devant un rideau, — toujours le même, — d'acteurs plus ou moins nombreux qui crient plus qu'ils ne chantent des « chansons-types » accompagnées de gestes exagérés. L'imagination du spectateur y supplée au défaut de décors et d'accessoires : une rame est une barque, une natte figure un cours d'eau, une buée de feu produite par quelques gouttes de pétrole projetées sur une torche représente la foudre ; une cravache entre les mains d'un acteur laisse entendre que celui-ci est à cheval, etc... La scène est habituellement envahie par des « nho » dont quelques-uns poussent la témérité jusqu'à bousculer les « Mandarins » ou les personnages en tenant lieu, ou à se percher sur le trône du Roi ! Quant à l'orchestre qui occupe une partie de l'estrade, il est assourdissant et rend beaucoup plus de bruit que d'harmonie.

Au « Quản-Lạc » rien de tel.

La scène est complètement séparée de la salle de spectacle par un rideau représentant une vue du Petit Lac ; elle est pourvue de décors qui ne dépareraient pas le Théâtre Municipal d'Hanoi. L'orchestre dissimulé sous les combles du bâtiment est composé d'instruments de dimensions réduites produisant un accompagnement aux acteurs sans être fatigant pour les spectateurs.

Des accessoires de décors « à truc » permettent de donner l'illusion de canots évoluant sur les eaux d'une rivière en carton peint ; l'effet de la foudre est produit au moyen d'étincelles électriques et de vibrations plus ou moins accentuées d'une grande plaque de tôle. Lorsque cela est nécessaire, de véritables chevaux traversent la scène et des tours de prestidigitation accompagnent le jeu des acteurs.

On joue précisément, ce soir, un fragment du fameux « Tam-Quốc » (Histoire de Chine. — Période des Trois royaumes). Le « Quan-công », — un des restaurateurs de la Dynastie des Han que les Chinois adorent actuellement comme Dieu de la Guerre, —vient d'être pris par les Ngô. Il est décapité et sa tête est apportée par une Ambassade au Roi des Nguy. Celui-ci ouvre le coffret diplomatique et recule d'horreur. Les yeux du Quan-cong le fixent comme si le décapité était encore vivant.

Le Théâtre « Quan-Lac », pour réaliser ce tour qui surprend ses spectateurs toujours très nombreux lorsque l'affiche annonce cette pièce, emploie le « truc » classique de la Tête Coupée que l'on peut voir dans les baraques foraines.

Le « Hat-Bô » est incontestablement mieux organisé au Tonkin qu'en Cochinchine. En outre, de temps à autre, la Direction du « Quan-Lac » donne en représentation des fragments de l'Histoire d'Annam alors que le programme classique des troupes de « Hat-Bô » ne comporte, à Saigon comme ailleurs, que des épisodes de l'Histoire de Chine.

J'ai eu même l'occasion d'assister, toujours en ce Théâtre, à des comédies modernes qui se rapprochent beaucoup plus de la comédie française que notre « cai-luong » lequel tient plutôt du caf' conc'. Dans une pièce dont l'action portait sur la Guerre européenne on a vu défiler sur la scène du « Quan-Lac » des soldats français et boches ; on y (a assisté) à des combats épiques entre fantassins dans des forêts qui devaient probalement représenter l'Argonne ou les Vosges ; on y a vu un transport de troupes attaqué par des avions etc... L'orchestre à l'occasion de ces spectacles spéciaux, s'est assuré le concours d'un clairon pour sonner les charges !

L'effet d'ensemble, bien qu'un peu naïf, n'était pas dépourvu de charmes.

Je suis heureux de constater que le « Quan-Lac », qui est le plus grand théâtre de la Capitale, est un Théâtre Cochinchinois. Il est, comme on le voit, tout à fait modernisé ; et si les personnages étaient un peu moins outrageusement fardés, si les acteurs mettaient un peu plus de naturel dans leur « parlé » et dans leurs gestes, les soirées n'en seraient pas désagréables, même aux Européens.

Tous les acteurs parlent Saigonnais. Je reconnais d'ailleurs parmi eux certains artistes que nous avons applaudis autrefois dans nos villages.

Nous quittons la salle du Quan-Lac.

Tout à côté de ce Théâtre, dans un grand mur nu et massif, s'ouvre une petite porte basse éclairée d'une grosse lampe électrique. On y lit en gros caractères. «Đồng-Lạc». Cette porte donne sur un couloir étroit au fond duquel on voit un petit guichet.

— C'est encore un Théâtre, dit Loulou, le Théâtre Tonkinois.

— Comment cette porte est une entrée de Théâtre ? une entrée de service alors ?

— Non. C'est l'entrée principale du Théâtre Dong-Lac. Les Annamites comme les Chinois ne s'embarrassent pas de belles façades. Tu as bien vu qu'à Cholon le Grand Théâtre Chinois de la rue de Paris s'ouvre sur une ruelle encombrée de marchands de soupe et de fruits ? Ici les spectateurs entrent dans la salle du Théâtre Dong-Lac par cette petite porte qui est d'ailleurs la seule réservée au public.

— Je veux voir comment jouent les acteurs Tonkinois.

— Mais ils jouent comme les Cochinchinois. Il n'y a aucune différence ! Cependant les décors sont ici moins beaux qu'au Quan-Lac, les costumes moins frais, la salle moins propre et moins spacieuse.

— Mais comment les acteurs dissimulent-ils leur accent caractéristique du Tonkin ?

— Pour chanter le « nam » et le « khách » leur voix suit les mêmes intonnations que chez nous, de telle sorte que l'on ne saurait distinguer un acteur tonkinois d'un cochinchinois. Par contre, dans la partie parlée, on reconnaît tout de suite les Tonkinois à leur accent spécial que les Saigonnais toujours moqueurs qualifient de «cọc-cạch» onomatopée rappelant le bruit des pots fêlés.

Loulou nous entraîne vers le « Sán-Nhiên-Đài » rue des Pavillons noirs.

— C'est ici un autre Théâtre tonkinois, mais c'est un théâtre qui tient plutôt du café-concert. On n'y représente pas des grandes tragédies mais des pièces de genre, des comédies modernes ou variétés. Ce Théâtre est le pendant de notre « Cailuong ». Au lieu de crier de longues tirades accompagnées de grands gestes, les acteurs chantent le « chèo » et le « ca ». Le Sán-Nhiên-Đài » est très couru des étudiants.

— Allons maintenant chez les « Nhà-Trò » (Chanteuses publiques) Tous les Cochinchinois de passage au Tonkin, y vont au moins une fois à titre de curiosité.

— Sont-elles bien? demandé-je timidement à Loulou.

— Tu les jugeras toi-même. Je crains de déprécier la marchandise.

Nous arrivons à la Rue du Papier. Loulou frappe à la porte d'une maison d'honnête apparence. Un vague individu nous ouvre.

L'intérieur de ce compartiment est sombre : un vieux quinquet posé sur une table boiteuse éclaire faiblement une petite pièce que nous reconnaissons pour un atelier de couture.

— Pourquoi nous mènes-tu chez un tailleur à une heure pareille?

— Je t'ai dit qu'à Hanoi il y a dans chaque maison plusieurs catégories d'habitants. Ce tailleur n'occupe que la devanture. Viens et tu verras autre chose.

Loulou nous conduit vers le fond de la pièce et soulève un store. Nous entrons : changement complet de décor.

Un salon annamite assez bien garni, un beau lit de camp avec une petite fumerie d'opium, un autel des ancêtres (ou d'autre chose) contre le mur avec des bâtonnets d'encens qui achèvent de se consumer; sur les cloisons des panneaux incrustés intercalés avec des photographies de jeunes femmes tonkinoises.

Une grosse matrone paraît. Elle nous salue et nous invite à nous asseoir

Loulou se met immédiatement en devoir de parlementer avec elle.

Au bout d'un instant, la matrone dit : « Je vais faire appeler ces demoiselles ! » Elle donne, en quelques mots, des ordres à une servante et cinq minutes après, nous voyons défiler devant nous une demi-douzaine de « cô-dào » proprement habillées, soigneusement coiffées du petit turban traditionnel, le cou paré de grains d'or, les oreilles ornées d'énormes boucles serties de pierres trop grosses pour être des diamants, l'avant-bras garni de bracelets qui cliquettent à leur balancement.

Nestor me dit à l'oreille : « C'est deux piastres le numéro par soirée. A toi de choisir ».

— Mais quel rôle vont-elles jouer ?

— Elles chantent, elles te font boire, elles t'éventent, elles te cajolent, tout comme les petites chinoises « Hôi-thén » dans les restaurants de Cholon.

— Ces filles sont-elles nombreuses dans Hanoi ?

— On n'en sait pas au juste le nombre, mais il y en a toujours autant qu'il y a de messieurs en bombe.

— Je n'en vois ici que six.

— C'est parce que nous ne sommes que trois. Lorsqu'on n'est 20 ou 30, la matrone en fait venir de chez ses voisines. Les « cô-dào » forment une espèce de corporation dont les membres se soutiennent et s'entraident.

Pour bien faire les choses, nous aurions dû prévenir la matrone de notre visite ; elle aurait organisé une belle réception en notre honneur.

Mais la matrone à qui Loulou vient de me présenter, m'adresse le speech d'usage : « Je vous salue Quan-lon. A l'occasion de votre arrivée au Tonkin, ces demoiselles vont vous souhaiter dix mille félicités ; elles vont vous faire un « lê » (cérémonie par laquelle on honore un visiteur de marque)...

— Atention ! me souffle Nestor, cela va te coûter 10 à 20 balles, en dehors du salaire des chanteuses...

Mais Loulou toujours bon prince quand il n'est pas dans la purée, interrompt :

— Laisse faire Nestor, c'est moi qui paie ! C'est moi qui vous ai invités tous les deux. Je veux fêter mon ami...

La matrone s'éclipse pour faire place à quatre musiciens qui commencent aussitôt leur concert.

Les jeunes « cô-dào », à tour de rôle, chantent des souhaits puis des stances d'amour en s'accompagnant de cithares ou de mandolines. La plus jeune d'entre elles passe devant nous avec un grand bol d'alcool. Elle nous invite à boire en nous introduisant une cuillère dans la bouche.

Loulou habitué à ces pratiques fait asseoir la bonne fille sur ses genoux. Il boit et plaisante avec elle. Nestor fait semblant de goûter pour ne pas déplaire à la « demoiselle ». Quant à moi, je refuse catégoriquement de sucer la cuillère qui a servi à tout le monde.

L'orchestre, ou plutôt nos quatre faiseurs de potin, attaquent bientôt une mélopée langoureuse. Les « cô-dao » avec force gestes et clignements d'yeux, balancements de leur corps, nous chantent une complainte sentimentale. Se rapprochant de nous, elles passent leurs bras autour de notre cou, frôlent notre visage de leurs joues poudrées et s'immobilisent dans une attitude amoureuse

Loulou stimulé par l'alcool devient très exubérant. Il applaudit longuement les chanteuses et leur donne la réplique déchaînant le fou rire dans la salle. Les musiciens eux-mêmes qui, pourtant, en ont vu bien d'autres, ne résistent plus à l'hilarité générale. Ils lâchent leurs instruments et se tordent à leur tour.

Sacré Loulou ! je ne l'ai jamais vu aussi gai !

Dans une salle voisine de la nôtre quelques jeunes mandarins sont en bombe. En entendant les rires fuser chez nous, ils mettent leur nez à notre porte. Loulou les reconnaît à leurs plaques d'ivoire et les interpelle :

— Venez, mais venez donc .. On rigole mieux ici que chez vous...

Et Loulou, devenu comédien, nous débite en tonkinois avec force grimaces une de ces romances si drôles que nous rions jusqu'aux larmes.

Sa « poule » conquise sans doute par sa joviale humeur et son esprit d'à-propos, l'embrasse fortement sur les deux joues à la grande joie de l'asssistance.

Mais la servante vient nous annoncer que le repas est servi. Loulou s'empresse d'aller se rendre compte du menu. Nestor me prend par la main et me dit doucement :

— Surtout, ne mange pas de poisson...

— Pourquoi ?

— Je t'en dirai la raison en sortant d'ici,

— Je n'ai d'ailleurs pas faim. Nous venons de dîner il y a une heure à peine.

Deux « Cô-dao » s'approchent de nous. Elles joignent respectueusement leurs mains pour nous saluer et nous invitent à nous mettre à table.

Comme elles sont propres et gentillettes, Nestor leur caresse le menton. Satisfaites sans doute d'une marque de sympathie qui leur change un peu du sérieux que nous avons gardé depuis notre arrivée, elles rient aux éclats en découvrant deux rangées de dents parfaitement noires.

— Elles seraient jolies sans leurs dents laquées, dis-je à Nestor. Puis s'adressant à l'une d'elles, je demande :

— Tu es belle, mais pourquoi as-tu fait teindre ainsi tes dents ? C'est dommage !

— Parce que si j'avais gardé mes dents blanches, on dirait que je suis une femme de mœurs légères ! une « cô-tây » ! (femme de français).

— Comment ! dis-je à Nestor, elles font le métier de chanteuses publiques et elles nous parlent de leur crainte d'être considérées comme des filles légères ?

— Au Tonkin, les apparences font beaucoup, réplique mon ami. Tu peux être une crapule, mais tu dois avoir les dehors d'un honnête homme. Toutes les prostituées se font laquer les dents en noir afin de passer pour des femmes respectables. Les « cô tây » (femmes d'européens) ont seules des dents blanches parce qu'elles ne peuvent faire autrement, leurs amants occidentaux n'admettant pas qu'elles se laquent les dents.

La suprême élégance pour une tonkinoise est donc d'avoir la peau blanche, les joues roses, les lèvres rouges et... les dents noires.

Fidèle à la recommandation de Nestor, je m'abstiens de manger du poisson ; je n'ai d'ailleurs touché à aucun autre aliment, me contentant de croquer seulement quelques fruits.

Le menu est pourtant très alléchant. Jugez plutôt :

Potage nid d'hirondelles.
Ailerons de requin aux crabes.
Holothuries sauce pékinoise.
Feuilles de moutarde au jambon.
Poulet désossé aux champignons.
Poisson sauce vinaigrette.
Canard à l'étuvée.
Cochon de lait rôti.
Crème d'amandes parfumée.
Letchi — Pêches.
Vins de Chine — Vins fins cachetés etc. .

Loulou fait bien les choses surtout lorsqu'il vient de toucher la subvention maternelle !

Le souper terminé, les bonnes grâces des « cô-dào »

gratifiées comme il convient, nous prenons congé de la matrone qui a reparu au moment des pourboires. Les jeunes mandarins, que l'alcool a mis en joyeuse humeur, demandent à se joindre à notre compagnie pour aller finir leur « bombe » dans un garni.

Je consulte ma montre : il est 11 heures passées.

— Impossible, dis-je à Loulou, de prolonger notre fugue... Il va falloir aller rejoindre nos compagnes.

— Laisse - les tranquilles, répond Loulou qui est complètement parti dans les vignes du Seigneur. D'abord la pièce dure ce soir au Théâtre « Quan-Lac » jusqu'à une heure du matin ; ensuite nos compagnes sauront bien trouver le chemin de la maison sans nous. Au besoin Mme K. et Mme N. les reconduiront.

— Comme tu es bon ! Faire divaguer nos femmes seules dans Hanoi et à une heure du matin ! Tu m'as pourtant recommandé de ne pas laisser Baby sortir seule.

— Elle n'est pas seule ce soir ! Allons ! viens, je t'emmène de force.

Il m'empoigne par le bras et me hisse avec lui sur un « caoutchouc ». À Hanoi, voyager à deux ou même à trois dans un pousse-pousse n'a rien qui étonne. Nous traversons donc la ville au nez des agents de police, pour aller nous échouer, Boulevard Carreau, devant une grille entre-baillée au-dessus de laquelle nous lisons les mots : « Cho thuè cho » qui doivent signifier, je crois, « à louer à la journée ».

Les mandarins entrent les premiers avec Loulou.
Resté à la grille avec Nestor, je demande à mon ami :

— Pourquoi m'as-tu recommandé de ne pas manger du poisson chez les « cô-đào » ?

— C'est assez long à t'expliquer. Tu sais qu'à Hanôi il n'y a pas beaucoup de poissons !

— Oui, je m'en suis aperçu.

— Contrairement à ce qui se passe en Cochinchine, les riches, au Tonkin, mangent donc du poisson et les pauvres de la viande de porc qui se débite partout et à de très bons prix.

— C'est vrai, mais je ne vois pas le rapport...

— Attends, j'y arrive. Un bon poisson est donc un plat très recherché dans un banquet ; mais comme au marché on ne trouve pas facilement de bons et gros poissons, les « cô-đào » qui, comme tu as pu le constater, en dehors de leur métier de chanteuses publiques, tiennent des restaurants de nuit, en élèvent dans des bassins.

— Cela ne m'explique pas pourquoi tu m'as défendu de manger du poisson.

— Or, tu sais qu'au Tonkin le principe « Rien ne se perd » est très en honneur...

— Oui.

— Eh bien, les « cô-đào », pour élever leurs poissons emploient tous les résidus naturels qu'elles trouvent, et dont elles ne veulent pas perdre le bénéfice. Toutes les ordures y sont donc employées. Elles lavent même leur linge intime dans ces bassins afin d'engraisser leurs poissons.

— Oh !

— Cela te semble dégoûtant parce que le tableau que je te présente est limité par les bords d'un bassin, mais écoute encore le raisonnement que tiennent nos chanteuses et tu te rendras à leur logique.

— Que disent-elles donc ?

— Que ce qui se passe en petit, dans le cercle réduit de leur bassin, se passe en grand dans la nature.

Les poissons qui sont dans les Fleuves mangent bien toutes les pourritures et même des cadavres de noyés. A-t-on jamais pu les en empêcher ? Est-on jamais sûr de manger un poisson qui ne s'est pas nourri, avant sa capture, d'immondices de toutes sortes ?

— Je l'admets... mais lorque cela se passe sous nos yeux...

— C'est pour cela que, connaissant ta répugnance naturelle, j'ai cru devoir t'avertir... Quant à Loulou, il ne s'en fait jamais, surtout lorsque l'alcool a aiguisé son appétit.

Nous entrons.

Ce garni vu de l'extérieur a un aspect très austère ; à l'intérieur c'est une véritable maison de tolérance.

Il se compose de quatre corps de bâtiments encerclant une grande cour dallée garnie de quelques plantes d'ornement. Dans la masse sombre de ces quatre corps de bâtiments, des carrés lumineux apparaissent ou disparaissent suivant que les portes et les fenêtres s'ouvrent ou se ferment sur des clients. Un va et vient continu règne dans cette enceinte où l'on parle à voix basse, où l'on marche sur la pointe des pieds.

Des jeunes femmes circulent de compartiment en compartiment. Parfois des cris étouffés, des éclats de rire, des bribes de chansons se font entendre rompant le silence général.

— La prostitution s'étale donc en plein dans ce garni, dis-je. Et la police des mœurs laisse faire?

— Elle feint de ne pas savoir ou elle s'intéresse à l'affaire.

Un de nos mandarins, arrête une congaïe qui traverse la cour de l'hôtel :

— Veux-tu passer la soirée avec moi?

— Vâng ạ !

Puis, apercevant sa plaque d'ivoire, elle lui fait une grande révérence.

— Lạy Quan Lớn (je vous salue respectueusement, haut mandarin).

— Alors je te garde? dit l'autre.

— Vâng! mais veuillez me payer trois piastres *d'avance*, répond la congaïe avec un calme déconcertant.

Le culot de cette femme me renverse.

— Comment dis-je à Nestor, elle reconnaît, en notre compagnon, un haut mandarin, elle le salue respectueusement, mais ne lui fait même pas crédit de trois piastres! Ce n'est pas flatteur pour lui!

— C'est comme ça, répond Nestor. Les femmes à Paris comme à Dakar, à Berlin comme à New-York, à Marseille comme à Hanoi ou à Saigon, estampent les noceurs. Elles « travaillent », c'est leur métier.

— Il y a cependant la manière !

— La Saigonnaise est plus discrète, Elle « racle » peut-être mieux mais elle prend des formes pour « l'estampage »

— A Hanoi, ces braves filles te servent ces choses là dans toute leur crudité. Ça te coupe la chique, n'est-ce pas ?

Mais notre mandarin ne s'en fait pas. Il est du pays, il connaît son monde. Il s'exécute donc de bonne grâce.

Le patron du garni qui, dans le pénombre, guette depuis une demi-heure, ce moment pour lui très solennel, fait son apparition.

— Donne-nous une chambre, et la meilleure ! dit le mandarin.

— C'est deux piastres, Quan lón.

— C'est entendu … ouvre donc !

— Vâng ! mais je prie quan lón de me *payer d'avance*.

Lui aussi ne veut pas faire crédit à son « quan lón » La confiance règne décidément à Hanoi.

En présence de l'outrecuidance de l'hôtelier, je m'attends à une explosion de son « quan lon ». Celui-ci, à ma grande surprise, ne s'en formalise pas. Il met tranquillement les deux piastres demandées dans la main tendue du bonhomme et entraîne l'élue de son cœur sans plus se soucier de nous.

— Il aurait pu, tout au moins, nous dire « au revoir »

— Laissez-le, c'est un inconscient ou un distrait. Dans tous les cas, c'est un bon débarras pour nous qu'il s'en aille. Rentrons, car nos femmes doivent être inquiètes sur notre sort.

A ce moment, un boy accourt et annonce le passage d'un inspecteur des mœurs. Tous les clients, hommes et femmes, s'engouffrent dans les chambres dont ils referment les portes derrière eux.

Un monsieur accompagné de deux agents paraît dans l'encadrement de la grille. Le Patron du garni va à sa rencontre. Tous deux causent à voix basse pendant 10 minutes, puis le monsieur, toujours suivi de ses deux accolytes, quitte définitivement l'hôtel.

Sur un signal du patron, portes et fenêtres s'ouvrent de nouveau livrant passage à la foule des fêtards.

. . . .

Sur le chemin du retour, Loulou me dit:

— J'ai voulu te conduire à cet hôtel pour te faire voir comment on se joue de la police des mœurs à Hanoi. C'est l'endroit le plus tumultueux, mais ce n'est point le seul endroit où l'on s'amuse. Dans *toutes* les rues, tu peux trouver des maisons de passe que la police ignore ou qu'elle feint d'ignorer.

— Les tireurs de « caoutchouc » sont d'excellents agents de renseignements à ce point de vue. Ils ne manquent parfois pas d'audace, car, sans que tu leur adresses la parole, ils te font toutes sortes de propositions malhonnêtes. J'en connais qui, pour ces motifs, ont reçu des corrections très sévères.

— Ces gens-là, explique Loulou, ne risquent rien. En cas d'acceptation, ils bénéficient d'un pourcentage sur les recettes des filles de joie, en plus bien entendu des courses qu'ils te font payer assez cher ; en cas de refus, ils lâchent les brancards pour se sauver lorsqu'ils sentent la pointe de tes bottines près de leur postérieur.

— Des femmes honnêtes ont quelque fois reçu des propositions de leur part : elles s'en sont plaintes à la police, qui s'est contentée d'en... guirlander les tireurs de pousse-pousse, lesquels se moquent bien des discours qu'on peut prononcer à leur intention.

Nous arrivons au Théâtre « Quăn-Lạc ». Il est une heure du matin.

— Sapristi, dit Loulou, nos femmes sont rentrées, puisque le théâtre est fermé.

— Je te l'avais bien dit...

— Rentrons alors. Racontons-leur que j'ai été attaqué par des soldats en goguette, et que vous avez dû me suivre au poste de police.

Pour mentir à sa femme, Loulou est toujours un peu là.

XIX
La Foire de Hanoi

Les Industries artistiques Indigènes

Les possibilités économiques de l'Indochine

La Foire d'Hanoi : Vue d'ensemble

Le mois de Décembre voit s'ouvrir la Foire de Hanoi.

Celle-ci se tient dans la vaste enceinte du Musée commercial—actuellement Musée Maurice Long, — ancien Palais de l'Exposition coloniale de 1922, dont la grille d'entrée donne sur le Boulevard Gambetta, et forme le couronnement de la rue Richaud.

De nombreux stands ont été construits de chaque côté du Musée sur un aglignement symétrique. Ils sont, tous les ans, entièrement occupés par des exposants venus de tous les points de notre Grande Indochine.

Parmi toutes les expositions de produits, celle de la Cochinchine est certainement, cette année, (1) la plus artistiquement présentée.

Les échantillons envoyés sont disposés avec un goût parfait dans le Pavillon réservé à la Colonie du Sud et situé à droite du Grand Palais.

On y accède par un portique représentant deux dragons verts se disputant un soleil rouge, le tout en ampoules électriques du plus heureux effet.

Dans les salles de ce Pavillon, sont groupés, province par province, tous les objets d'art et produits naturels envoyés. Des tiges de paddy, des « boyaux » de caoutchouc, des pièces de soie forment la «matière» des décorations. Des panoplies d'armes, d'instruments agricoles, de meubles ou de véhicules en mimiature revêtent les murs ; les soieries aux chatoyantes nuances s'étalent en éventail ou en étoile au plafond ou contre les cloisons séparant les salles d'exposition.

Des poissons secs sont disposés artistiquement de façon à rendre plus harmonieuse leur présentation. Dans des vitrines, on remarque des bijoux annamites, des objets en écaille fabriqués à Hatien, des

____

(1) Foire de 1922.

-objets d'art minuscules ; sur des tables s'étalent des échantillons d'huiles de « mù-u », de sésame, de coco, d'arachides, des échantillons de riz, de paddy, de farines, d'essences de bois, de sucre, de maïs, de coton, de tabac, d'arec, de poivre. La soierie de Culaogieng et les échantillons du tissage Lê-phat-Vinh occupent un rayon spécial.

Et, pour compléter l'ensemble, des échantillons de terre de rizières voisinent sur les murs avec des cartes, des statistiques, des graphiques, des diagrammes de toutes sortes.

La plupart des articles exposés sont vendus dès le premier jour et j'ai entendu maintes personnes regretter qu'il n'y ait cette année que des échantillons des articles venus de Saigon. Les Cochinchinois du Tonkin qui se préparaient, avant l'ouverture de la Foire, à enlever d'assaut le « nuoc-mâm » de Phu-quoc ont été déçus. Ils n'ont pu rien acheter.

Pour des raisons que j'ignore les « nuoc-mâm » ne figurent pas cette année sur les étalages de la Foire. Pour qui a séjourné quelque temps au Tonkin où la saumure est immangeable, le désappointement des Saigonnais d'Hanoi est bien compréhensible !

Le « crachin » qui, du 15 au 20 décembre de cette année, a transformé les rues d'Hanoi en autant de ruisseaux remplis d'une boue glissante, n'a pas empêché la population d'envahir l'enceinte de la Foire. L'affluence est énorme tous les soirs de 5 à 7 heures.

Pataugeant à qui mieux mieux dans la vase, le corps

enveloppé dans d'épais pardessus ou de vastes manteaux, — car le temps s'est considérablement rafraî-
chi depuis un mois, — visiteurs et visiteuses se
pressent dans les stands et enlèvent les plus belles
marchandises pendant que la foule des curieux indigènes s'extasie devant les luxueux étalages, ou fait
cercle autour de la grande pelouse du parc pour
écouter la belle musique qu'y joue, tous les après-
midi, la Fanfare indigène de Hué venue pour la cir-
constance à Hanoi.

Je m'étais promis de visiter la Foire le lendemain
de son inauguration. Le mauvais temps, qui m'a
occasionné une forte bronchite, m'a retenu chez moi
et ce n'est qu'aujourd'hui où le soleil est revenu que
je me résouds à passer en inspection tous les étalages
afin de pouvoir renseigner mes compatriotes cochinchinois sur la variété des produits envoyés par les
différentes parties l'Union indochinoise, et sur les
possibilités économiques que nous sommes en mesure d'entrevoir en constatant les essais les plus intéressants de l'industrialisation des produits naturels
du pays.

Je ne parlerai pas des envois de la Cochinchine si
judicieusement agencés et exposés cette année par
M. Fontana. Les Saigonnais en connaissent la variété
et la valeur. Je passerai également sous silence les
produits si connus de la Manufacture indochinoise
des Tabacs, de la Société des Distilleries de l'Indochine, et les stands où sont exposés les diverses mar-

ques d'automobiles françaises et étrangéres repré-
sentées au Tonkin.

Je retiendrai donc l'attention de mes lecteurs
uniquement sur les productions de nos artisans
qui, malheureusement, sont encore si peu connus à
Saigon et sur les essais industriels de certains de
nos compatriotes qui méritent vraiment d'être en-
couragés.

Dès l'entrée, les pavillons Série A, comprenant
26 compartiments occupés par divers exposants
français, annamites et chinois, s'offrent aux regards
du visiteur.

Je remarque à côté du compartiment de la Société d'oxygène, les échantillons des tuiles, briques,
carreaux émaillés ou vernissés, poteries, de la Société des Tuileries de l'Indochine qui fabriquent
aussi des tuiles dites de Marseille. Belle affaire pour
les Saigonnais qui construisent beaucoup en ce moment ! Ils sont assurés de trouver dans la Colonie
même, des matériaux aussi bons et relativement
moins chers que les produits importés.

Un peu plus loin, des malles et des valises en cuir
avec garnitures en cuivre du plus bel effet exclusivement fabriquées avec des cuirs de buffle indochinois
et par des artisans exclusivement indigènes.

Je m'approche et, avisant une belle malle pouvant
être vendue environ 45 $ à Saigon, j'en demande le
prix.

— Vingt-cinq piastres, me déclare le commerçant.
Or, pour ceux qui ont vécu un certain temps à

Hanoi, 25 $ reviennent à peu près à 18 $ s'ils prennent la peine de marchander pendant une quinzaine
de minutes.

On peut donc s'imaginer le bénéfice réalisé par
le commerçant saigonnais qui revendrait en Cochinchine de telles marchandises, comme on peut apprécier l'intérêt qu'il y aurait à favoriser l'importation
en Cochinchine des produits tonkinois.

La Province de Sontay expose des petits panneaux faits de lamelles de bambous assemblées et
peintes, des éventails et de petites corbeilles en jonc
et en rotin tels qu'on en trouve à Saigon chez les
marchands de Bombay qui les baptisent « articles
du Japon ».

La Maison « Chan-Thuy », si connue pour ses tul-
les, vient aussi de lancer des carpettes en jonc pouvant rivaliser avantageusement avec les produits
étrangers similaires.

Les chaises Thonet d'origine autrichienne qui, pendant la guerre, et maintenant encore d'ailleurs, se
sont faites rares, sont fabriquées au Tonkin sur les
modèles les plus variés. Quelques commerçants tonkinois de la Rue Catinat à Saigon, en ont mis en
vente ces dernières années, mais ces meubles n'étaient
pas encore à point tandis que ceux exposés cette
année à Hanoi sont plus fins et permettent d'espérer
un débouché considérable vu le chiffre des offres et
des demandes constatées. Une berceuse « rocking-
chair» ne revient plus qu'à huit piastres alors que
le même article en Thonet se vendait 25 à 30 piastres !

La cordonnerie et la sellerie tonkinoises sont trop connues pour être citées; elles égalent presque les produits de la Métropole.

En ce qui concerne la broderie et la dentellerie, j'ose dire que la main-d'œuvre tonkinoise bien dirigée peut accomplir des merveilles.

J'ai vu des panneaux brodés à la main et représentant des sujets mythologiques sino-annamites avec une finesse de ton et de traits tout à fait remarquable; j'ai vu des brise-bise, des rideaux, des napperons d'une réelle beauté, représentant des sujets français ou annamites au choix. Ils sont exécutés par de toutes petites fillettes dont l'habilité et le goût sont étonnants.

Brodeuses au travail

M. Lamarche expose des produits en gluco-gomme très curieux: abats-jours, vitraux, paravents, tableaux tous fabriqués avec des produits végétaux de la Colonie. M. Lamarche a également inventé un enduit qui permet d'agglomérer la poussière de charbon de façon à en fabriquer des briquettes, permettant ainsi de réaliser une sérieuse économie.

M. Beyer présente des accumulateurs fabriqués de toutes pièces au Tonkin. Des fabricants d'articles en écaille et en ivoire exposent une grande variété d'objets qui, malgré leurs prix élevés, ont rapidement trouvé preneurs.

La Société des textiles Vu-van-An et Cie qui est une des plus grandes firmes indigènes du Tonkin, présente des soieries et des velours de toute beauté. Nécessairement elle a fait de grosses affaires pendant la quinzaine qu'a duré la Foire.

Les stands série AA, ne comprennent que des comptoirs d'articles d'importation tenus par diverses firmes européennes. Je ne m'y arrête donc pas.

Les stands Série B, par contre, sont occupés par des artisans indigènes et des producteurs du Yunnam : thé, cuivres d'art, meubles, fourrures, chapeaux, articles de voyage, bijouterie, objets laqués qui ne cèdent en rien à ceux importés du Japon ; chaussures pour hommes et dames, conserves de fruits, corderies et ficelles, objets en cornes, etc... La galerie des poteries anciennes du Yunnam mérite une visite spéciale. On y remarque des pièces merveilleuses mais dont les prix sont inabordables.

Une étiquette collée sur un vase donne à celui-ci 2000 ans d'âge !

Remarqué, dans plusieurs stands, des liqueurs annamites : liqueurs de poires, de pêches, de banane, de letchis, etc...

Continuant mes visites je pénètre dans les stands série C et D. Là, on reste émerveillé devant la variété et la beauté des meubles exposés. Le bois précieux est fouillé avec une finesse excessive; les ornements en sont si minces qu'on dirait des dentelles en bois.

Malgré leurs prix élevés, ces meubles sont facilement vendus, et je connais pas mal de Cochinchinois qui seraient heureux d'en posséder dans leurs salons s'ils pouvaient les trouver sur place. Les prix quasi-inabordables auxquels les meubles tonkinois sont vendus à Saigon proviennent du fret élevé et des difficultés d'emballage.

Mais certains fabricants ingénieux ont essayé de lancer des meubles artistiques *démontables*. Dans quelques années, nous pourrons donc espérer avoir à Saigon, à des prix plus modérés, des articles d'ameublement fabriqués au Tonkin.

Dans le nouveau bâtiment qui groupe tous les stands de la série E, on trouve à peu près tous les produits tonkinois depuis le bibelot d'art jusqu'aux carrosses en passant par les animaux naturalisés, les médicaments, le lait condensé du Tonkin, les valises, les cuivres, etc...

Un pavillon spécial est réservé aux petites industries familiales. On y trouve de tout et à bon marché.

Remarqué la lampisterie nickelée fabriquée au Tonkin qui rappelle étrangement la lampisterie importée d'Allemagne ; la serrurerie dont les modèles s'étalent sur des planchettes et qui est aussi bonne que celle provenant du Japon.

Le pavillon du Cambodge se trouve sur le prolongement de celui de la Cochinchine.

A un bout de la salle, une sorte de scène a été dressée, entièrement tapissée de sampots et éclairée d'ampoules rouges dont les reflets savamment dirigés mettent en relief les tons variés des décors. On y distingue un ameublement khmer du plus bel effet, avec, dans les coins et sur les tables, des objets d'art cambodgiens.

Les murs sont tapissés de panoplies, de soieries, de cornes, de carapaces de tortues géantes ; dans des vitrines se trouvent des bibelots cambodgiens ainsi que des bijoux et même des pierres précieuses provenant des mines de saphir de Phailin.

Çà et là, sur des étalages, des échantillons de paddy, de maïs, de patates, d'ignames, d'huiles, de résines, de poissons secs, etc...

L'Annam qui occupe tout le pavillon de gauche, a envoyé à la Foire des soieries de Thanh-Hoa, du Song-Câu et de Nghê-An, des cotonnades de Faifoo, du coton égréné, des couvertures, des pièces de coton, des meubles sculptés en bois de rose, de gu et de santal, des statuettes moïs, des vases, des potiches, des « bleus » de Hué, de la cannelle, des objets en bambous et en rotin, des hamacs, des bibelots

en os et en ivoire, de la coutellerie, des échantillons
des noix d'arec, d'indigo, de farine, de tabac, de ver-
micelle, d'huile, de miel...

. . . .

Il se dégage nettement de la manifestation économique qu'est la Foire de Hanoi une impression de
prospérité que tous les visiteurs ont été heureux de
constater. L'Indochine prouve qu'elle peut se suffire
à elle-même. Son sol produit suffisamment de matières premières ; sa main-d'œuvre est assez habile
pour pouvoir s'affranchir de l'emprise étrangère.

La plupart des articles en usage courant chez les
indigènes et provenant jusqu'ici de l'importation,
ont pu être fabriqués entièrement par les artisans
du pays. L'Annamite, et particulièrement le Tonkinois, est parfait imitateur. Il copie à la perfection, –
pourvu qu'il ait les matières nécessaires, — tous les
modèles qu'on lui présente.

Il y a là un point capital qui ne doit pas échapper à nos dirigeants. En dotant les artisans annamites d'instruments perfectionnés, ils leur permet-
tront de produire des articles dits « européens » les
plus variés. L'exploitation économique de la Colonie en sera ainsi plus rationnelle, et on aura soulagé
bien des misères au Tonkin et en Annam où la population très dense mais très pauvre, ne demande qu'à
travailler.

La dernière Exposition coloniale de Marseille,
comme les Foires annuelles qui se tiennent à Hanoi,

ont une fois de plus mis en relief les objets d'art de fabrication indochinoise.

Le Gouvernement a, en 1922, acheminé sur notre grand Port Méditerranéen un nombre respectable de caisses contenant de beaux échantillons du travail artistique des indigènes, qui ont fait l'admiration des visiteurs du Palais de l'Indochine. Tous les ans, un public nombreux s'extasie devant les merveilles exposées à Hanoi. Mais ces exhibitions périodiques ne sont pas suffisantes, à mon avis, pour faire connaître les productions artistiques de la Colonie et pour en assurer un important débouché. Leur vogue a duré ce que dure la badauderie populaire. Il faudrait trouver un moyen plus rationnel de « lancer » les objets d'art indochinois.

La mode du jour est aux bibelots. Toutes les maîtresses de maison tiennent à en avoir dans leurs salons : statuettes, brûle-parfums, vases en bronze ou en cuivre sur des étagères ou des sellettes ; panneaux sculptés, incrustés ou laqués, broderies aux couleurs chatoyantes contre les murs ; vieilles porcelaines aux encoignures, etc...

Les décorations sont évidemment plus ou moins chargées, plus ou moins riches suivant la fortune du maître du logis, mais on a nettement l'impression que, chez les riches comme chez les « aisés », le goût du luxe s'infiltre et cherche visiblement à s'implanter.

En France, plus encore qu'ici, la manie de l'exotisme sévit.

HANOI : *Graveurs sur bois*

Il n'est pas rare, en effet, de voir des hôtels luxueux entièrement meublés et décorés à l'orientale, et dans un cadre plus modeste, des bibelots exotiques tenir la place la plus en vue dans un grand nombre de salons.

Mais il est fâcheux de constater qu'à côté des articles chinois ou japonais d'une facture souvent médiocre, fabriqués en série pour l'exportation, qui figurent aux vitrines des grands magasins, une place par trop effacée est réservée à nos objets d'art annamite si beaux, si élégants, si décoratifs mais malheureusement si peu connus en France et ailleurs.

Les arts de l'ameublement toujours à la recherche de l'inédit, trouveraient certainement des éléments originaux dans les productions de nos artisans indigènes.

Cette indifférence provient de ce que les industries artistiques indigènes ne sont pas exploitées avec une assez grande envergure, ni encouragées comme elles le mériteraient; de ce que leurs prix sont encore inabordables pour les petites bourses.

La crise économique qui a suivi la Grande Guerre a, par sa répercussion, éprouvé assez durement nos petits industriels si habiles, si intéressants; l'inconstance de la piastre qui, par moments, grimpaient jusqu'aux cimes les plus incroyables, et le renchérissement du coût de la vie, ont éloigné, pendant un certain temps, la clientèle européenne des ateliers indigènes ou des magasins de curiosités installés dans les principales villes.

L'artisan annamite manque de capitaux, souvent même de matières premières; ses travaux qui auraient pu être avantageusement exploités par de vastes fabriques, ne sont à l'heure actuelle encore, que la production très restreinte de petites industries « familiales ».

Privés d'un outillage moderne, nos ouvriers déconcertent cependant l'exportateur qui leur fait l'honneur d'une visite à leurs ateliers, par leurs méthodes de travail des plus primitives.

C'est au Tonkin surtout que nous trouvons le plus grand nombre d'artistes travaillant le bois, l'ivoire, le cuivre, le fer, les écailles, etc, ; au Tonkin où la population est très dense alors que les productions alimentaires sont presque toujours déficitaires ; au Tonkin où, dans chaque rue, de toutes petites fabriques s'érigent, — compartiments sombres et malpropres, se disputant la maigre clientèle locale qui assure à peine à nos artisans leur « riz quotidien ».

Pénétrons dans l'un de ces ateliers le plus souvent groupés par genre d'industries.

Ce qui nous frappe, dès l'entrée, c'est l'absence de tout étalage. Vaguement nous distinguons dans la pénombre deux ou trois hommes accroupis par terre qui exécutent un travail, une broderie par exemple.

— Nous ne travaillons que sur commande et après avoir reçu une avance pour nous procurer les matières premières, nous explique le « patron » de la maison qui vient de se lever à notre arrivée.

Et partout, dans le vieil Hanoi, où grouille une population très laborieuse mais pauvre, on nous fait à peu près la même réponse.

Il n'est donc pas possible, pour l'exportation, de songer à acheter sur place, chez les artisans, puisqu'il faut leur commander longtemps à l'avance les articles que l'on veut se procurer, et courir de grands risques en versant de fortes arrhes à de pauvres diables.

On en est donc encore réduit à recourir à l'« intermédiaire », cet intermédiaire coûteux qui se taille dans les travaux de l'artisan la plus belle part de bénéfice, et qui paralyse ainsi tous les efforts de ce dernier, lequel ne dispose pas d'assez de fonds pour se donner une figure de commerçant !

C'est ainsi que l'on peut constater qu'à Saigon des magasins tonkinois vendent des objets d'art à des prix triple ou quadruple de leur valeur en fabrique.

On ne saurait cependant les en blâmer : le frêt, le courtage, les frais généraux, le bénéfice que doit se réserver le négociant et, il faut aussi le reconnaître, l'absence de toute concurrence européenne, sont les facteurs naturels qui viennent grossir considérablement la valeur marchande des articles d'art du Tonkin.

Nous en arrivons à conclure qu'une branche économique des plus intéressantes est encore délaissée en Indochine, branche dont l'exploitation procurerait de gros revenus au commerce français, en même temps qu'elle permettrait à nos objets d'art locaux de lutter victorieusement contre la camelotte étrangère sur le marché métropolitain.

Pour arriver à de résultats appréciables à brefs délais, il suffira, à mon avis, de grouper les artisans, — et ils sont nombreux, — de leur ouvrir le crédit nécessaire, d'assurer leur ravitaillement en matières premières, et de leur faciliter l'écoulement de leurs productions en les libérant des intermédiaires trop onéreux.

Il y aura lieu également d'organiser en France une active propagande en faveur de nos objets-d'art indochinois.

Toutes les tentatives que l'on a faites jusqu'ici pour mettre en rapport l'artisan indigène avec le négociant français se sont malheureusement heurtées à l'indifférence de ce dernier. Il commencera peut-être à s'intéresser à l'objet d'art indochinois lorsque le public le réclamera. C'est ce que nous devons, à mon avis, provoquer par tous les moyens.

XX

La Société de Secours Mutuels
des Cochinchinois au Tonkin

Les cultes et les superstitions

J'ai reçu ce matin la visite des Membres de la Délégation Cochinchinoise à la Foire de Hanoi.

Cette visite, bien que prévue et attendue, m'a causé une joie indicible.

L'éloignement du pays natal fait que nous recevons toujours avec effusion des compatriotes, même inconnus, alors que ceux-ci nous laisseraient indifférents si nous les croisions à Saigon.

Ce besoin de s'épancher, de s'assembler, de s'entr'aider, de se soutenir, qu'éprouvent les hommes originaires d'une même région et habitant momentanément une contrée autre que la leur, est si naturel, si irrésistible que l'on voit, sur toute la surface du Globe, naître des Sociétés amicales ou de secours mutuels groupant les natifs d'un même pays.

Nos compatriotes que leurs professions ou leurs occupations habituelles retiennent à Hanoi, y ont, eux aussi, fondé une Société de secours mutuels qui vit et prospère sous les auspices de quelques-uns de nos aînés établis depuis de longues années au Tonkin et qui sont parvenus à s'y créer des situations de premier plan: je veux parler de LL. EE. les Tong-doc Trân-van-Thong et Lè-trong-Ngoc, de LL. EE. les Tuan-Phu Lè-Nhièp et Nguyên-nang-Quoc, de Madame Hoang-trong-Phu (sœur de M. le Colonel Do-huu-Chan et du Conseiller à la Cour Dô-huu-Tri) épouse de S. E. le Tong-doc Hoang-trong-Phu qui, lui-même, est le fils de S. E. le Kinh-Luoc (Vice-Roi) du Tonkin, personnalité la plus marquante de la Société indigène.

Auprès de ces aînés les Cochinchinois ont toujours trouvé un appui sûr et des conseils éclairés dans toutes les circonstances où ils ont besoin de guide et de soutien.

En compagnie des Membres de la Mission, nous nous rendons à la réception organisée en leur honneur, au siège social de notre Groupement, par M. Dinh-van-Thien, notre sympathique Président.

M. Thien, voulant faire d'une pierre deux coups, a fait coincider la Visite de la Mission Cochinchinoise, avec l'Assemblée générale de la Société. Après avoir souhaité la bienvenue aux compatriotes de passage à Hanoi, après leur avoir offert le champagne traditionnel, M. Thien ouvre la séance officielle par un « rapport » qui est, en réalité, un appel à notre bourse, appel d'ailleurs touchant en sa naïveté auquel chacun de nous s'est empressé de répondre.

Je ne résiste pas à l'envie de le reproduire ici.

Rapport du Comité d'Administration

Mesdames, Messieurs,

« Le poète... de qui viennent ces quelques vers :

« *Quand reverrai-je hélas ! de mon village*

« *Fumer la cheminée ? et en quelle saison*

« *Reverrai-je le clos de ma pauvre maison*

« *Qui m'est une province et beaucoup davantage...*

« était comme nous... Comme nous, il était obligé
« de vivre en terre étrangère, au milieu de figures
« inconnues. Il était tourmenté d'une terrible nos-
« talgie qui abrégea sa vie. Mais ce poète était seul.
« Pour nous une douce consolation nous est heureu-
« sement réservée ; car chacun peut trouver en cette
« petite famille que nous formons ici, une image de
« la grande que nous avons laissée à mille lieues
« de distance et qui, hélas, n'espère plus revoir
« quelques-uns de ses chers enfants ; chacun peut
« trouver ici, dis je, autant de frères qui sont tou-
« jours prêts à se dévouer pour lui chaque fois qu'il
« a besoin d'une aide pécuniaire ou morale.

« Et chaque année voit revenir un jour où, sus-
« pendant nos affaires personnelles, le cœur léger
« de toutes les vicissitudes et de tous les soucis de la
« vie, nous venons oublier ensemble, dans ce petit
« local sacré, notre isolement et cette mélancolie
« qui nous étreint loin du foyer natal ; et aussi pour
« dire aux âmes inconsolées de nos chers compa-
« triotes victimes de la rigueur des lois de l'Eternel,
« que leur souvenir ne s'est pas effacé et ne s'effacera

« jamais de notre mémoire, et que nous apporterons
« tous nos efforts à la continuation de cette œuvre
« bienfaitrice qu'ils nous ont laissée.

« Oui, Mesdames et Messieurs, devant ces tumulus
« sacrés d'où nos chers disparus nous écoutent, de-
« vant ces arbres qui seront nos témoins éternels,
« jurons-leur que quoiqu'il puisse nous arriver,
« nous resterons à jamais unis, que chacun tendra
« toujours la main à un frère qui est près de sombrer
« dans le malheur.

« Car enfin, Mesdames et Messieurs, que diront
« de nous les habitants de ce pays au milieu des-
« quels nous vivons si nous restons à regarder d'un
« œil indifférent un des nôtres qui, battu, balloté
« par les flots de la mauvaise fortune, s'accroche
« désespérément aux bords de notre barque, sans
« faire le moindre mouvement pour le tirer à nous ?
« et que répondrons-nous à nos compatriotes de
« Cochinchine quand, revenus là-bas, nous sommes
« appelés à leur rendre compte de notre conduite
« d'ici ? Comment pourrons-nous les regarder sans
« rougir ? Non, non, je ne crois pas que quelqu'un
« d'entre nous se laisse aller à cette extrême dureté,
« car déjà je lis sur vos yeux les protestations de vos
« sentiments d'humanité et je m'en voudrais d'avoir
« écrit ces phrases :

« *Thố tữ hồ bi* » (la mort du lièvre ne manque pas
« de toucher le renard) et « *ái nhân như ái kỷ* » (il
« faut aimer son prochain comme soi-même).

« Je ne prétends pas vous apprendre quelque cho-
« se de nouveau en vous citant ces deux maximes.
« Elles sont dans tous les esprits. Mais les connaître
« ne suffit pas, il faut savoir les mettre en pratique.
« C'est ce que vous faites en venant vous joindre à
« notre petit groupement et nous apporter le con-
« cours de votre obole. »

M. Thiên nous conduit ensuite au Cimetière Cochinchinois où reposent quelques-uns de nos compatriotes que le village natal ne reverra jamais plus!

— Nos fonds servent également, nous explique-
t-il, à entretenir ce cimetière ainsi qu'un corbillard
que nous mettons à la disposition de la famille de
nos défunts.

Mais il n'y a donc pas à Hanoi d'entreprise de
pompes funèbres ?

— Il y en a bien quelques-unes, mais elles ne pos-
sèdent pas de grands et jolis corbillards comme
ceux de chez nous. Leur matériel se compose surtout d'accessoires tels que tambours, costumes de
croquemorts, étendards, drapeaux, bannières, etc...

— A Hanoi, intervient Loulou, les corbillards sont
construits en papier.

— Pas possible ! Et comment les conserve-t-on ?

— On ne les conserve pas ; on les brûle chaque
fois.

— Pour chaque enterrement il faut donc construire un nouveau corbillard ?

— Parfaitement. Il y a une armée de marchands

d'objets votifs qui ne vivent que de cela. Dans la Rue du Cuivre surtout, fleurit cette industrie toute particulière,

— Les grands et beaux corbillards se louent très cher dit encore M. Thien. Les Tonkinois, qui tiennent avant tout à leur argent, ont trouvé un moyen élégant d'honorer leurs morts tout en sauvegardant leur bourse ; c'est de tout faire en papier. La forme est sauve !

Vous savez, pour l'avoir lu dans les livres, que le Dieu des Enfers bouddhiques est essentiellement corruptible, de même que les diables qui gardent les diverses salles de supplices. Tous les humains qui, à leur mort, sont conduits dans le sombre séjour, doivent donc se concilier les bonnes grâces des « maqui ». Pour cela il leur faut offrir à ces derniers de l'or, de l'argent, et toutes sortes de cadeaux.

Mais comme les morts ne peuvent rien emporter avec eux, les vivants se font un devoir de leur expédier tout ce dont ils peuvent avoir besoin pour corrompre les mauvais esprits et pour s'assurer un certain bien-être.

— Qu'envoie-t-on aux morts ?

— Des lingots d'or et d'argent, des fruits, des vêtements, des bijoux, des soieries, des gâteaux ; quelquefois même des chevaux de selle, des voitures, ivoire des éléphants caparaçonnés et chamarrés d'or. Quand le défunt est un lettré, on lui envoie aussi des livres pour se distraire. Quand c'est un mandarin, on lui expédie quelques douzaines de domestiques richement habillés pour le servir...

— Vous vous moquez de nous. Tout ce bazar doit revenir bien cher. Et comment le faire parvenir aux Enfers ?

— Mais non ! Tout cela n'est que du papier! Pour l'envoyer on le brûle tout simplement.

— Je comprends maintenant. A ce compte les Tonkinois pourraient, par exemple, acheter des marck-papiers et les expédier aux Enfers. Cela ne leur reviendrait pas plus cher, et ils auraient toujours l'apparence d'y envoyer des millions.

— Mais, les corbillards, demandé encore Baby, pourquoi les brûle-t-on ?

— Il paraît que les âmes qui ont pù corrompre le Pluton bouddhique, obtiennent de lui un grade de mandarinat dans le Royaume des Ténèbres. Leurs corbillards deviennent alors autant de palanquins dans lesquels ils se promènent comme des Rois Fainéants.

La croyance à une nouvelle vie de l'âme, après la mort, et même à la métempsycose, est très vivace chez les Annamites en général. Mais les pratiques superstitieuses sont surtout en honneur au Tonkin où elles sont soigneusement entretenues par une multitude de sorciers qui s'ingénient à répandre la terreur parmi leurs compatriotes en leur faisant voir partout des « ma-qui » dont il importe de se concilier les faveurs. Aux sorciers se joignent des marchands d'objets de culte, qui sont toute une légion à Hanoi et que la « bêtise humaine » enrichit très rapidement.

C'est ainsi qu'en aucun pays on ne voit un plus grand nombre de pagodes qu'au Tonkin. Dans la seule ville d'Hanoi on en compte une cinquantaine. On peut même dire que dans toutes les rues du quartier indigène on peut trouver une ou deux pagodes et quelquefois davantage.

Mais, pendant que nous causons, un bruit cadencé de tambours se fait entendre au loin souligné, à intervalles réguliers, du son grave d'un gros tam-tam: plan, plan, plan, boum ; plan, plan, plan, boum...

Tenez, voici précisément un enterrement tonkinois qui passe ! Vous allez voir vous-mêmes comment il est organisé.

Les Membres de la Mission Cochinchinoise se portent avec nous dans la rue de Hué où doit passer le cortège.

Au rythme des tambours et de la grosse caisse se mêlent maintenant le bruit assourdissant des gongs et les vibrations tintamarresques des cymbales, la complainte des instruments à cordes et les déchirements des fifres. Toute cette cacophonie produit un vacarme à réveiller le mort lui-même.

Des sorciers à la figure horriblement maquillée, contorsionnés et grimaçants, ouvrent le défilé. Leur attitude menaçante doit probablement écarter les diables de la route suivie par le défunt. Après eux des bonzes juchés sur des chevaux ou assis dans un palanquin récitent leurs interminables incantations. Viennent ensuite des enfants habillés de robes blanches à parements bleus porteurs de lanternes en tulle peint représentant des poissons, des fruits, des éventails, des "thu - quyên" (livres ouverts) etc. . . ; des coolies tenant à la main des oriflammes ou des armes anciennes, encadrant des tables d'offrandes surmontées de grandes bannières polychromes sur lesquelles s'étalent, en gros caractères chinois, des devises qui vantent les vertus des défunts, et qui chantent la gloire largement surfaite de ses mérites ; puis un autel laqué rouge et or abondamment garni de vins de Chine, de riz cuit à l'étouffée, d'aliments, de bananes, de gâteaux... entourant un cochon étendu de tout son long près d'un brûle-parfum dans lequel des bâtonnets d'encens se consument lentement.

Entre deux parasols en papier huilé, un hamac recouvert de deux stores verts et portés par deux coolies habillés en rouge comme les "linh" de l'Empire, indique que le défunt était mandarin et qu'il avait droit au palanquin.

Des pleurs, des gémissements, des lamentations déchirantes annoncent l'arrivée du corbillard. Celui-ci est une sorte de catafalque dans le genre de ceux qui, dans les cathédrales, servent aux cérémonies funèbres, avec, cependant, cette différence qu'ici les nuances trop vives tranchent les unes sur les autres dans l'éclatement des ors et le miroitement des glaces minuscules parsemées sur cet assemblage baroque de couleurs.

Nous approchons. Ce catafalque est effectivement en papier mais il est si bien fait qu'un passant non averti le prendrait pour un vrai corbillard, d'autant plus qu'il est porté avec une précaution infinie par une trentaine de coolies dont un maître de cérémonie, marchant à reculons, rythme l'allure au moyen de deux baguettes en bois qu'il choque l'une contre l'autre.

De chaque côté du corbillard défilent d'autres coolies portant tout un régiment de valets en carton peint, des chevaux de selle et d'éléphants caparaçonnés, de monceaux de lingots d'or et d'argent, des pièces de soie de toutes nuances, des vêtements soigneusement pliés, etc...

A la fin du cortège, dans une moustiquaire fermée dont quatre perches relèvent les angles, sont groupés les parents du défunt qui, habillés d'une sorte de lévite blanche, sans ourlet, effilochée à dessein, les cheveux épars, les pieds nus, poussent des gémissements et des lamentations à fendre l'âme, pendant que, de chaque côté de la route, la foule des curieux qui suit le cortège rit et s'amuse comme si elle se rendait à une fête.

Après avoir pieusement fleuri les tombes de nos compatriotes, après nous être fait inscrire Membres d'Honneur de l'Association mutuelle des Cochinchinois d'Hanoi, après avoir déposé notre obole entre les mains de M. Mai-van-Bien, Trésorier de la Société, nous quittons le Cimetière Cochinchinois, accompagnés jusqu'au portail par les Membres du Comité d'Administration.

— En rentrant dans notre Cher Pays, nous recommande M. Thien, dites à nos compatriotes qui, plus heureux que nous, vivent près du village natal, que nous comptons sur eux pour nous aider à mener à bien l'œuvre de piété que nous entreprenons : organiser un champs de repos pour les nôtres en ce lointain pays. Toutes nos ressources ont été consacrées à l'acquisition de ce terrain, à la construction de notre maison de réunion, à secourir nos veuves et nos orphelins, à l'achat d'un riche corbillard et d'un matériel de pompes funèbres afin de conduire convenablement à leur dernière demeure nos frères victimes des rigueurs de la Loi de l'Eternel. Nous avons encore besoin d'argent pour clôturer ce "Nghĩa địa" (terre du sentiment) afin d'empêcher les animaux d'y venir paître et piétiner les tombes de nos frères.

Beaucoup de Cochinchinois ignorent encore qu'il existe au Tonkin une Association de secours mutuels fondée par les nôtres ; que dans ce pays où la lutte pour la vie est excessivement dure, des centaines de nos compatriotes sont livrés à eux-mêmes au milieu d'une population qui, bien qu'annamite comme nous, paraît indifférente à tout ce qui n'intéresse pas leur bourse.

Que ceux qui lisent ces lignes fassent un bon mouvement en faveur de nos frères que leurs occupations mettent dans l'obligation de s'expatrier; que les favorisés du Destin de chez nous consacrent une partie de l'argent qu'ils dépensent sans compter pour leurs plaisirs, à aider nos frères dans la nécessité ou tout au moins à les doter d'un champs de repos où ils pourront dormir en paix leur dernier sommeil loin de notre chère Cochinchine.

FIN DU PREMIER VOLUME

LIRE LA SUITE

.DANS LE

TOME II

DU

TONKIN PITTORESQUE

EXCURSIONS DANS DIVERSES PROVINCES DU TONKIN :

La Baie d'Along. — La Pagode de Huong-tich.

La Porte de Chine, etc... etc...

Cliché « Moniteur »

Baie d'Along. — Rocher de la Fraisse

HANOI : *La Baie d'Along*

TABLE DES MATIÈRES

		Pages
I.—	Arrivée à Haiphong	19
II.—	Haiphong	24
III.—	De Haiphong à Hanoi, Hai-duong, Gialam	30
IV.—	Hanoi	32
V.—	Un repas dans un restaurant tonkinois	39
VI.—	Le culot des petits Commerçants	45
VII.—	Le Petit Lac	49
VIII.—	Le Grands Magasins Réunis de l'U. C. I. A. Visite à la ville française	57
IX.—	Le quartier militaire. — Le Gouvernement Général. — Le jardin Botanique	63
X.—	Le grand Lac et le Lac des Bambous blancs, Le grand Boudda	69
XI.—	Les digues et les inondations au Tonkin	79
XII.—	L'œuvre française au Tonkin	98
XIII.—	La ville indigène — Son aspect.-- Rue de la soie	114
XIV.—	La ville indigène.-- Le marché de Dong-Xuân	124
XV.—	La ville indigène.—La Rue du Chanvre et du Coton — La Monnaie de Billon au Tonkin	134
XVI.—	Le toupet des « hommes chevaux » d'Hanoi.— Le quartier chinois. — La pagode du Cheval blanc dite de Cao-Bien	148
XVII.—	L'été au Tonkin.— La probité des domestiques,— Les Ba-Gia en Jupons	170
XVIII.—	Les plaisirs d'Hanoi. — Les théâtres Annamites.— Les chanteuses « nhà-trò »	190
XIX.—	La Foire de Hanoi.— Les Industries artistiques Indigènes.— Les possibilités économiques de l'Indochine	209
XX.—	La Société de Secours Mutuels des Cochinchinois au Tonkin.— Les cultes et les superstitions	225

LES PHOTOGRAPHIES ILLUSTRANT CET OUVRAGE

SONT DUES A L'OBLIGEANCE

DU

SERVICE CINÉ-PHOTOGRAPHIQUE

DU

GOUVERNEMENT GÉNÉRAL

LES TRAVAUX DE PHOTOGRAVURE

ONT ÉTÉ EXÉCUTÉS

PAR LA MAISON NGUYÊN-CHI-HOA

N° 83, RUE CATINAT - SAIGON

IMPRIMERIE ET LITHOGRAPHIE

JOSEPH NGUYÊN-VAN-VIÊT

85, RUE D'ORMAY - SAIGON

www.ingramcontent.com/pod-product-compliance
Lightning Source LLC
LaVergne TN
LVHW021543170726
843501LV00004B/1182